SYGNE

SAMOURAÏ

Collection dirigée par Thierry Laroche

FABRICE
CARO

SAMOURAÏ

ROMAN

SYGNE GALLIMARD

Cette semaine-là, à quelques jours d'intervalle, mon meilleur ami d'enfance s'est suicidé, Lisa m'a quitté et on annonçait qu'une météorite allait frôler la Terre à une distance suffisamment proche pour que l'on s'en inquiète – selon certains spécialistes, il n'était pas exclu qu'elle la percute. La date et l'heure étaient incroyablement précises, et je me suis toujours demandé comment les astronomes pouvaient calculer les trajectoires avec une telle précision alors que la météo à sept jours, elle, est à peine fiable. Un événement sur les trois s'est plutôt bien terminé, il faut toujours voir le verre à moitié plein – au tiers plein pour être exact.

Le départ de Lisa a précédé le suicide de Marc, elle n'aurait pas poussé l'indélicatesse jusqu'à partir tout de suite après. Encore que. Quand la passion vous enflamme, toute considération rationnelle vous quitte et c'est absent à tout que vous traversez la vie, la vie avec ses suicides et ses météorites. De la même manière, Marc ne s'est pas suicidé parce que Lisa m'a quitté. Ces deux événements étaient totalement indépendants l'un de l'autre, ils n'étaient unis que par mon abattement et ma sidération. Il arrive parfois que tout soit concentré sur un laps de temps très court, un condensé d'événements, et après tout pourquoi pas. Comme disait ma mère quand on vidait les courses du coffre de la Talbot Horizon : *Prends deux sacs d'un coup, ça évitera d'y revenir.* Voilà : prends deux sacs d'un coup, ça évitera d'y revenir.

MYLÈNE

Je ne sais pas exactement en quoi consiste le fait de *surveiller* une piscine, comme si elle allait déguerpir à toutes jambes à la moindre occasion, mes voisins me demandent ça : est-ce que je voudrais bien surveiller leur piscine en leur absence. Ils partent en Grèce pendant quinze jours et ma mission, si je l'accepte, consisterait à mettre deux galets de chlore par semaine dans le skimmer, rien de bien compliqué, là le type joint le geste à la parole pour me montrer le skimmer, un petit panier en plastique blanc plongé dans l'eau au bord du bassin, les galets de chlore se trouvent dans un seau dans le petit local là-bas, donc deux par semaine et voilà, le tour est joué. Il ajoute que je n'hésite surtout pas à faire un plouf si l'envie m'en prenait, qu'elle serve au moins à quelqu'un pendant cette période, et je n'ose pas lui répondre que l'envie risque de ne pas forcément me prendre, que *faire un plouf* n'est pas dans la liste de mes priorités, que je ne comprends pas quel plaisir ont les gens à être dans une piscine. Il suffit, moi, que je pénètre dans l'eau (piscine, mer, baignoire, qu'importe le contenant) pour que le temps se mette subitement à s'étirer de manière irrationnelle. Je ne sais absolument pas quoi faire de cet élément. Nager, se mouvoir, faire des clapotis avec la paume de ses mains, prendre de l'eau dans la bouche et la recracher en jet, oui, bon, d'accord, mais pourquoi ? L'immersion suscite immédiatement chez moi un ennui profond, m'apparaissent alors toutes ces choses que je pourrais faire ailleurs, hors de l'eau, je prends subitement conscience du temps qui passe, les minutes se concrétisent en une entité rare et friable que l'on se doit de chérir, un don divin qu'il ne faut gâcher à aucun prix, à ce stade je me mets généralement à penser à la mort. À l'entrée de chaque piscine municipale, sur l'écriteau, juste en dessous de *Bonnet de bain obligatoire – Il est interdit de courir autour du bassin* devrait figurer *Il est déconseillé de penser à la mort*. Je le remercie pour sa proposition et le sourire qu'il affiche trahit une fierté humaniste, comme s'il venait d'offrir un sac de riz à une famille du Yémen, une sorte de *Bah c'est tout naturel, quand on a la chance comme nous de posséder une piscine, il faut savoir la partager*. Mes voisins ont la gauche aquatique.

Pendant qu'il m'explique le principe de pompe et

de circulation de l'eau, je jette un œil à leur immense terrasse faite de dalles jaunes lumineuses sur laquelle, à l'ombre d'un store orangé, trône une table en bois massive, et je m'imagine aussitôt venir m'installer là tous les jours pour y écrire mon roman, j'y serais bien mieux que dans mon appartement encore chargé de la présence lourde de Lisa. Je me visualise attablé sous le store, devant mon ordinateur, cintré dans un peignoir brodé de mes initiales, un thé à la menthe dans la main, une cigarette dans l'autre, le regard tendu vers l'œuvre. À l'instar des enfants qui se targuent d'avoir des chaussures qui courent vite, il me semble que cette terrasse pourrait écrire quelque chose de qualité.

Mon premier roman, *Partage des maux*, paru l'année dernière, est passé totalement inaperçu. Il y est question d'une succession, les trois enfants, deux frères et une sœur, se disputant un tableau de leur mère récemment disparue dont on présume qu'il s'agit d'un Modigliani, et qui s'avérera finalement une vulgaire croûte, mais qui aura entre-temps servi de révélateur à tout un tas de tensions fraternelles et aura mis au jour les personnalités cachées de chacun. Sans compter les époux et épouses respectifs des uns et des autres ne faisant qu'ajouter à la cacophonie ambiante, une comédie prétexte à parler des liens familiaux, des rapports humains, ce genre de choses.

Je n'avais eu quasiment aucune presse si ce n'est *Biba* qui m'avait attribué trois étoiles, *On rit beaucoup dans cette comédie où rien ne va !* Fier, j'avais montré la critique à Lisa et elle avait eu un sourire qui se voulait de félicitation mais s'était épuisé en chemin pour s'échouer sur un de ces sourires qui tapotent la tête du cancre quand il obtient un 6 au lieu de son 3 habituel. Puis elle avait ajouté, sur un ton qui n'avait pas l'air d'y toucher, *Tu veux pas écrire un roman sérieux ?* Et cette phrase avait fini de m'achever.

Non seulement Lisa trouvait que mon roman manquait singulièrement de profondeur, mais elle me reprochait d'avoir utilisé nombre de faits nous appartenant, et surtout de l'avoir vampirisée elle. Et force m'est d'avouer qu'effectivement, la Élise de mon roman lui ressemblait un peu. À ceci près que j'en avais fait un personnage névrosé, en tout cas plus que ne l'était Lisa, attaché à des futilités et pris d'accès d'hystérie un peu plus appuyés qu'ils ne l'étaient en réalité. J'avais eu beau lui répéter en boucle qu'il s'agissait d'un roman, et donc fait d'un matériau romanesque, non réel, elle n'en démordait pas, elle s'était sentie dépossédée, déformée, exposée, et tout un tas d'adjectifs que je trouvais excessifs mais qui, d'une certaine manière, étaient probablement justifiés. *Non et puis, Élise, Lisa, y a rien qui t'interpelle là ? Tu aurais pu au moins trouver un prénom plus éloigné…* Alors que des auteurs font le tour des émissions pour parler de leur livre, ma période de promotion à moi avait consisté à répéter sans fin à mes proches *Mais non il ne s'agit absolument pas de toi, c'est une fiction.* Non seulement personne n'avait lu ce livre, mais les seuls qui l'avaient lu étaient ceux dont je m'étais inspiré pour l'écrire (ou qui croyaient que je m'étais inspiré d'eux) et qui me le reprochaient amèrement, ceux-là mêmes que précisément je n'aurais pas voulu avoir pour lecteurs.

J'avais même reçu un message d'une ex-petite amie que je n'avais pas revue depuis mes vingt ans, qui me disait être choquée et déçue que j'aie pu utiliser une anecdote nous appartenant. Nous avons dix-sept ans, dans la perspective de notre premier rapport je vais acheter des préservatifs à la pharmacie, développant des trésors de discrétion et de détachement tant je suis gêné par la situation, lâchant même entre mes dents mais suffisamment fort *Rhaaa je sais plus si c'est ça qu'il m'a demandé*, pour laisser croire que je ne suis qu'un émissaire. Le lendemain soir je vais chercher mon amoureuse chez elle et, tétanisé, découvre en entrant dans son salon ses parents en train de prendre l'apéritif avec un autre couple dont la femme n'est autre que la pharmacienne. En lisant ça, mon ex s'était sentie trahie, alors que l'anecdote était largement romancée : dans le roman je pousse la situation à l'extrême, la pharmacienne, un peu ivre, me demande en plaisantant si c'était la bonne taille, décuplant mon malaise. Rien de tout ça dans la réalité, bien évidemment, elle n'avait rien dit, elle avait respecté le secret professionnel, du moins en ma présence. Je trouvais la réaction de mon ancienne fiancée injustifiée, non seulement elle était la seule à savoir que cette anecdote s'appuyait sur une base réelle, mais en plus j'avais changé le prénom – certes, Léa s'était transformée en Cléa, là aussi j'aurais pu faire un effort d'imagination, c'est vrai. C'était peut-être ça mon problème : je ne changeais pas assez de lettres dans les prénoms. Comme un voyou qui repeindrait une voiture volée mais qui, par paresse, ne repeindrait que l'aile gauche.

Si mon livre avait été un best-seller, les réactions auraient été radicalement différentes. Ça n'est pas le vol qu'on vous reproche, c'est l'échec. On veut bien être utilisé, mais pas dans les fiascos, sinon c'est double peine.

Mon roman était sorti le jour où avait éclaté l'affaire de la sextape d'un député, ce dernier ayant été filmé à son insu en pleins ébats avec sa gouvernante. Dans cette vidéo, on voyait le député nu, face caméra, éructant des cris d'ours, mais vraiment, de véritables cris d'ours, c'était à s'y méprendre. Je crois que ce qui avait fasciné l'opinion n'était pas tant qu'un député puisse avoir une relation avec sa gouvernante, mais qu'il puisse produire de tels cris. C'était d'autant plus sidérant qu'il n'avait pas le physique de son râle, plutôt le genre premier de la classe, tout fraîchement sorti de l'ENA, on attendait de lui des gémissements, de la jouissance précieuse, du plaisir de normalien, du couinement bourgeois, et si l'on avait dû le rapprocher d'un animal, on serait allé du côté du halètement de lévrier après la course, c'est probablement ce qui avait fait le succès de la vidéo – un député au physique d'ours éructant des cris d'ours serait presque passé inaperçu. Quoi qu'il en soit le résultat était le même : mon roman avait été totalement occulté par cette affaire, le travail d'un an balayé en quelques minutes. Durant des semaines on n'avait parlé que de ça, j'étais maudit. Quelle était la probabilité que mon roman sorte le même jour que la sextape d'un député aux cris d'ours ? Et la probabilité qu'un député émette des cris d'ours pendant l'acte sexuel ?

À l'époque de la parution, je faisais deux rêves de manière récurrente. Le premier : je suis à l'émission *La grande librairie*, chez François Busnel, avec trois ou quatre autres auteurs qui semblent très bien se connaître. Je suis assis en retrait, à quinze mètres d'eux, je me demande même si je suis dans le champ de la caméra. Personne ne m'adresse la parole ni ne me regarde. Je me compose des expressions de connivence pour m'intégrer au groupe, hochant la tête en guise d'approbation, souriant, riant quand tout le monde rit, et même un peu plus fort que les autres pour attirer l'attention, alors que j'ai du mal à entendre ce qui se dit tellement je suis loin d'eux. Il me semble que plus l'émission progresse, plus je recule, une dame de l'émission venant régulièrement tirer ma chaise en arrière, ce qui m'oblige à rire de plus en plus fort, mais rien à faire, mes réactions me reviennent intactes comme un triste écho dans un canyon. Je suis tellement loin d'eux que, à l'instar de la lumière des étoiles mortes qui rayonnent encore jusqu'à nous, mon rire arrive au milieu du plateau quand la discussion a déjà glissé sur un sujet grave d'attouchements et d'inceste. Je me dis qu'après tout, je n'ai qu'à attendre mon tour, tant pis. Sauf que l'émission avance et que ça n'est jamais mon tour. Finalement, François Busnel, à un moment, se tourne vers la caméra et annonce *Eh bien voilà l'émission touche à sa fin, merci de l'avoir suivie…* Il remercie tous les auteurs sauf moi et je me réveille en panique, mon tee-shirt trempé de sueur.

Le deuxième rêve : je me rends régulièrement chez mon éditrice pour voir où en sont les ventes et elle m'accueille chaque fois avec la même mine déconfite, *Écoute, je ne comprends pas, c'est la première fois que je vois ça de ma vie d'éditrice, on est à zéro… — Zéro ? Comment ça zéro ? — Eh bien on n'en a pas vendu un seul, c'est incroyable…* Je lui dis que ça va décoller, que ce n'est que le début, mais de semaine en semaine, toujours le même bilan : zéro vente. Ça ne s'est jamais vu dans l'histoire de la littérature, mon éditrice n'en revient pas, même les petits recueils de poésie obscurs se vendent à quelques centaines d'exemplaires. Et je continue de croiser tous ces gens dans mon entourage proche qui me disent *Oh au fait j'ai adoré ton roman*, mais je sais pertinemment qu'ils ne l'ont pas lu puisque personne, absolument personne, ne l'a acheté, je me mets alors à douter de tout et de tout le monde, la vie n'est qu'un théâtre des apparences et j'en ai là, sous mes yeux, la preuve matérielle – arithmétique, même.

Là aussi je me réveillais en sueur, généralement amer et angoissé. Je me précipitais sur mon ordinateur pour taper mon titre sur Amazon. J'étais 104 546e des ventes de livres, ce qui signifiait que je n'en avais pas vendu zéro. La réalité n'était pas catastrophique, elle n'était que normalement médiocre. J'étais rassuré.

Lisa avait décrété, un beau matin, comme ça, qu'il n'y avait plus assez de passion entre nous. Sur quelle échelle ? Par rapport à quel référentiel ? Selon quel repère ? Mon tout premier échec amoureux était déjà un problème de repère. C'était à la maternelle, j'étais amoureux de Séverine Audouy, mais Olivier Guichard aussi était amoureux de Séverine Audouy, et Séverine Audouy, se sentant convoitée, minaudait – à l'époque, je ne pensais pas *minaudait*, bien entendu, au contraire, son attitude détachée ne faisait qu'attiser le feu qui couvait en moi. Un jour, elle nous avait convoqués, Olivier Guichard et moi, pour décider lequel de nous deux serait son chevalier servant. Au début de la récréation, elle nous avait réunis dans la petite cabane en bois au milieu de la cour, et avait commencé par me demander *Alan, à combien tu m'aimes ?* J'avais répondu sept. Ça me semblait bien, ça me semblait beaucoup d'aimer quelqu'un à sept. Puis elle s'était tournée vers Olivier Guichard et lui avait posé la même question, *Et toi Olivier, à combien tu m'aimes ?* Et lui avait répondu dix mille. J'étais abasourdi. Dix mille. On avait le droit de dire dix mille ? Évidemment elle était partie avec lui, elle lui avait pris la main et ils étaient sortis de la cabane en bois, et je m'étais retrouvé seul et hagard avec mon sept et un vif sentiment d'injustice. J'avais l'impression de m'être fait avoir. Certes, à aucun moment il n'avait été spécifié que la note n'était pas sur dix, mais pour moi c'était implicite, pour moi toutes les notes étaient sur dix, pourquoi une note d'amour aurait-elle été sur autre chose que sur dix ? (Et d'ailleurs, dix mille sur combien ?) Bien sûr, il serait légitime de se demander pourquoi j'avais répondu sept et non dix. Il me semblait que sept c'était déjà pas mal. À cinq ans, j'envisageais déjà l'amour comme un absolu inatteignable et celui auquel un simple mortel pouvait prétendre plafonnait à sept. Au-delà, nous étions dans un idéal, une abstraction romantique qu'on ne trouvait que dans les livres et les chansons de Francis Cabrel. J'avais péché par honnêteté. Quand bien même j'aurais répondu dix, j'étais loin des dix mille d'Olivier Guichard, il fallait se rendre à l'évidence, je ne faisais pas le poids.

Quand on tombe de cheval, il faut tout de suite se remettre en selle. Voilà la théorie de Jeanne et Florent. Et j'ai envie de leur répondre *Sauf quand la chute entraîne un tassement de vertèbres.* Florent ajoute même, pour continuer avec les métaphores, *La meilleure façon de faire le deuil d'un animal de compagnie est d'en reprendre un autre*, et sur cette dernière j'avoue avoir des doutes, je ne sais pas si Lisa l'apprécierait.

Ils se sont fixé pour mission de me *trouver quelqu'un* et j'ai beau leur répéter que je n'en ai pas la moindre envie, ils n'en démordent pas, pour eux c'est le seul moyen de sortir de ma dépression, et je leur réponds que je ne suis pas en dépression, je dis *Apathie — Non non, dépression, ne te voile pas la face.* Comment leur faire comprendre que j'en ai fini avec l'amour, que je n'ai plus envie de ça, que je n'ai plus l'énergie des montagnes russes émotionnelles, que mon cœur n'est plus tout jeune et que l'axiome selon lequel il vaut mieux souffrir d'avoir aimé que de n'avoir ressenti ni amour ni souffrance m'apparaît comme une grosse arnaque, une blague, une quatrième de couverture de roman de gare. Stop. Fini. Aujourd'hui je ne peux que dresser ce constat épuisant : ma vie, de ma première histoire d'amour à ma dernière en date, n'aura été que ça, une frise obéissant à la répétition cyclique et sans discontinuité d'un motif immuable qui, pour faire court, consiste en : coup de cœur – histoire d'amour – séparation – chagrin – dépression. Dépression qui ne prend fin que si je viens à tomber amoureux et que se réenclenche le cycle. Jamais je n'ai réussi à m'en extraire, à greffer dans ce brin d'ADN existentiel un brin d'ARN messager que nous appellerions *Célibat serein* et qui casserait la chaîne. Mais c'est fini, j'arrête, il est temps de rester seul. À ceci près que, quand vous êtes seul, votre entourage se donne tout le mal du monde pour que vous ne le restiez pas, comme si la solitude était un état hautement instable et inflammable, ou une maladie contagieuse qu'on pourrait attraper en buvant dans le même verre.

Jeanne s'occupe d'un centre de fitness et de remise en forme qui constitue, selon elle, un réservoir inépuisable de filles seules et de tous âges qui attendent le prince charmant, *Tu te rends pas compte du nombre de gens seuls Alan*. Bien sûr que si je m'en rends compte, ô combien. Et je n'ose dire à Jeanne, de manière assez diplomate, sans le moins du monde dénigrer son travail, qu'il y a peu de chances que je me trouve des atomes crochus avec quelqu'un qui se rend trois fois par semaine dans un centre de fitness. Autant essayer de faire s'accoupler une jument akhal-téké et un poney fourbu, pourrais-je ajouter si j'avais le courage de prolonger la métaphore équine.

Je me suis toujours questionné sur ce terme, *Remise en forme*, qui implique qu'on avait, par le passé, été en forme et que, pour une raison ou une autre, on ne l'était plus. Le *re* de *remise* exclut *de facto* toute personne qui, comme moi, n'a jamais été en forme, il annonce la couleur : Ah non désolé, il faut avoir déjà été en forme pour prétendre assister aux cours. Celui qui lancerait le concept de centre de simple *mise en forme* toucherait le pactole.

Non seulement je rechigne à rencontrer de nouvelles personnes mais toute vie sociale de manière générale m'est devenue *physiquement* pénible. Dès le lendemain de ma rupture avec Lisa, je me suis mis à avoir des problèmes d'audition : il suffit que je me retrouve avec des gens pour que mes oreilles se bouchent de manière épisodique, comme si on y enfonçait subitement des boules Quies, à tel point que, durant quelques minutes, je n'entends plus rien. Mû par un réflexe de défense, je m'enferme dans ma bulle et mon imaginaire divague, prend le relais, selon un phénomène similaire à celui de l'estivation, les escargots font ça à l'approche des grosses chaleurs, ils s'enferment et obstruent l'entrée de leur coquille d'un opercule calcaire pour se protéger de la chaleur – quant à savoir s'ils s'évadent dans leurs rêves, l'hypothèse n'est pas à exclure.

Marie-Françoise, une amie vaguement portée sur

les médecines parallèles, a une théorie sur le lien entre les maux et les mots. Il y a quelque temps, j'ai souffert d'une douleur sciatique persistante et elle a asséné sans la moindre réserve : *Ben oui, c'est évident, tu en as plein le dos.* Pour elle, c'est tout simplement l'inconscient qui s'exprime par le corps, essayant de faire passer un message à travers un langage commun. J'ai beau être sceptique, il n'en reste pas moins que, oui, effectivement, à cette époque j'en avais plein le dos. Si la théorie est juste, qu'en est-il ici ? Est-ce que, comme l'un des trois singes de la sagesse, je ne veux rien entendre ? Mon avenir est-il bouché ? La vie n'est-elle au fond qu'un amas de cérumen ?

Sa théorie va même plus loin. Elle connaît une fille qui avait des problèmes de cervicales depuis des années, un insupportable mal de cou qui ne la lâchait pas, elle avait consulté tous les spécialistes possibles sans résultats, pas de déplacement de vertèbres, pas d'arthrose, rien. Jusqu'au jour où, faisant des recherches sur ses antécédents familiaux pour une tout autre raison, elle avait découvert que son arrière-grand-mère maternelle s'était pendue dans sa grange, cette mort était restée un non-dit, un secret de famille tabou. Selon Marie-Françoise, sa douleur cervicale était une trace fossile de son ascendance, une mémoire du corps qui avait traversé les générations comme un atavisme caché, un cours d'eau dans une grotte souterraine. De fait, après la découverte de cet événement familial, la fille avait vu sa douleur disparaître définitivement. Si ça se trouve, mon arrière-grand-mère était fermière et avait toujours du foin dans les oreilles – ce qui est, j'en conviens, nettement moins romanesque.

Je suis allé consulter une médecin ORL dans l'espoir qu'elle décèle un éventuel bouchon de cérumen et me l'extraie dans la foulée, mais elle n'a rien trouvé, pas même la plus petite inflammation. Elle a alors émis l'hypothèse d'une pression intracrânienne due à une hypertension, et à la série de questions buvez-vous fumez-vous pratiquez-vous une activité physique êtes-vous stressé/angoissé, j'avais fait un sans-faute – un cent-fautes, je cumulais tous les paramètres du terrain hypertendu. Elle m'a conseillé, l'air grave et solennel, de commencer par changer d'hygiène de vie. Il y a deux types de médecins, les *Peu de symptômes sont réellement graves* et les *Tout est potentiellement fatal*. Dans la première catégorie se trouve mon ancien médecin traitant, un gros type à la chemise éternellement ouverte sur une chaîne, qui me parlait de tout sauf de mon état, pour lui rien n'était grave, il se riait de tout diagnostic en secouant ses larges épaules, *La semaine dernière j'ai eu une ado qui a eu la rougeole, eh bien je peux vous dire qu'elle en a bavé, ah ah ah*, et nous riions ensemble de cette situation cocasse. Avec lui, être malade était une broutille qu'on surmontait en riant. Cette ORL fait manifestement partie de la seconde catégorie. Tout son être dit : N'oubliez jamais que nous allons mourir d'une cause qui peut se déclarer à tout moment. En sortant j'ai allumé une cigarette en me disant que si je faisais un AVC, là, Lisa culpabiliserait toute sa vie – j'étais dans ma phase suicidaire modéré.

Je pose l'ordinateur sur la table en bois de la terrasse, l'allume, effectue quelques étirements artificiels, c'est le matin et il fait déjà chaud. Je traverse la terrasse pour aller vérifier l'eau, mes pieds nus sur les dalles me confèrent un sentiment de puissance et de bourgeoisie tranquille, l'eau est transparente, à peine secouée par le souffle de la pompe qui émet un doux ronronnement hypnotique, une plénitude infinie enveloppe la terrasse, je retourne à mon ordinateur et crée un fichier, *Roman sérieux*. Alan Cuartero, avez-vous un souvenir précis de la genèse de ce roman ? me demande Claire Chazal. — Bien sûr Claire, bien sûr, et je décris cet instant, la piscine, le ronronnement de la pompe, la plénitude, ce doux parfum des infinis possibles, et, après avoir laissé planer un silence rêveur, Vous savez, Claire, je crois que l'écriture se joue en dehors d'elle-même, et Claire et moi avons un petit rire de connivence, nous avons parfaitement compris cette phrase.

Tu veux pas écrire un roman sérieux ? Cette phrase a longtemps tourné en boucle dans mon esprit. Lisa m'a quitté pour un universitaire professeur de lettres, quoique sa version soit tout autre : selon elle, elle ne m'a pas quitté pour lui, leur rencontre est ultérieure à notre rupture, elle m'a quitté puis l'a rencontré, et là, pof, coup de foudre. Je n'ai jamais cru à sa version mais qu'importe, le résultat est le même.

Le type est spécialiste de Ronsard, il a publié un essai – *L'énonciation lyrique dans la poésie amoureuse de Ronsard et Baïf : étude stylistique comparative* – et écrit régulièrement des articles dans des revues spécialisées. Il a la cinquantaine bellâtre, dégage une présence rassurante, sa chemise à peine ouverte sur quelques poils (Depuis quand aimes-tu les poils, Lisa ?), le cheveu grisonnant, épais et savamment désordonné, le genre de type qui ne porte des lunettes que pour pouvoir les poser à mi-nez et regarder au-dessus. Sa voix grave et posée a quelque chose de doux et d'enveloppant.

Je sais tout ça car, animé d'un masochisme irrépressible, je suis allé glaner des informations sur Internet, je n'ai pas pu m'en empêcher. Alors que la réaction la plus saine, la moins périlleuse, aurait été la politique de l'autruche, ne pas ajouter de la souffrance à la souffrance, ne pas élargir la plaie, et il existe des gens, j'ai découvert ça il y a peu, qui éprouvent une attirance obsessionnelle pour des vidéos d'extraction de comédons énormes, que ça dégoûte au plus haut point mais qui ne peuvent s'empêcher de regarder dans un mélange de fascination et de répulsion, les yeux entre leurs doigts écartés. Voilà, c'était de cet ordre, ce type était mon comédon personnel, je devais me frotter à l'extraction d'une partie de moi-même, je devais le voir, le visualiser, c'était viscéral, je devais savoir tout de lui, en prendre acte, et pouvoir ainsi définitivement boucler le dossier, faire le deuil.

Lors de funérailles, ça a été aussi le cas pour celles de Marc, les proches se divisent généralement en deux catégories : ceux qui veulent voir le corps et ceux qui refusent. Là aussi j'ai voulu voir, là aussi ça m'a anéanti. En allant glaner des informations sur l'universitaire, je partais du principe que le fantasme de l'inconnu est toujours plus douloureux que la réalité, ce en quoi je me trompais. Sur toutes les vidéos, son verbe facile, sa voix posée, comme si tout pouvait être réglé, le genre de type qui ne voit pas de problèmes, uniquement des solutions, le genre de type sur lequel on peut s'appuyer, qui n'élève jamais la voix, qui revissera le robinet de la salle de bains et reclouera la plinthe avec une aisance indolente et tranquille, sifflotant un air d'opéra, et de temps à autre Lisa viendra derrière lui pour enlacer son cou et déposer un tendre baiser sur sa barbe de trois jours en trouvant merveilleux que l'on puisse revisser un robinet sans le casser, elle n'aura jamais vu ça de sa vie. Les musiciens ont coutume de dire *Ce nouvel album s'est fait en réaction au précédent*, il semblerait qu'il en soit de même en amour. Le type s'appelle Paul, et je ne peux m'empêcher d'entendre ce mot oralisé de la bouche de Lisa, la forme de ses lèvres qui se détachent en un souffle sensuel quand elle prononce ce prénom.

Quand j'étais enfant, j'avais pour fâcheuse habitude de ramasser des objets que je trouvais par terre, dans la rue, et ma mère me répétait toujours cette phrase : *Ne ramasse pas ça, un chien a sûrement fait pipi dessus*, et je trouvais incroyable le nombre de choses sur lesquelles les chiens faisaient pipi, j'imaginais une armée de chiens s'organiser afin de quadriller le quartier et viser des objets soigneusement sélectionnés qui, comme par un hasard malheureux, étaient précisément les choses qui m'attiraient, quel manque de chance. Mais l'argument fonctionnait à tous les coups, il suffisait que ma mère l'utilise pour que je sois immédiatement rebuté et que m'abandonne l'envie d'entrer en contact avec l'objet. Je ne sais pas à quel âge on devient plus sceptique face à cet argument, à partir de quand il cesse d'être pertinent et crédible. Adulte, on ne dispose plus de cet outil de dissuasion.

Lisa, ne t'approche pas de ce type, un chien lui a sûrement fait pipi dessus.

La nuit suivant mes recherches sur l'universitaire, j'ai rêvé que Ronsard et Baïf s'affrontaient sur un ring, un octogone plus précisément (en réalité je ne connaissais pas leurs visages, là ils avaient vaguement les traits de Vincent Lindon et de Bernard Giraudeau). Aux premiers échanges de coups, Ronsard a averti Baïf : *On avait dit pas avec les pieds*. Je me suis réveillé après cette phrase. Sans même connaître l'issue de l'affrontement. Même mes rêves n'avaient pas l'énergie de mener le combat jusqu'au bout.

Tu veux pas écrire un roman sérieux ? Eh bien voilà. Voilà ce que je vais faire. Écrire un roman sérieux. Lui montrer que j'en suis capable. Non pas pour la récupérer, non, ça je sais que c'est perdu. Quand bien même ça ne le serait pas, en ai-je réellement envie ? Quelque chose s'est définitivement rompu, de l'ordre de la confiance, du don de soi, même si elle revenait, plus rien ne serait jamais comme avant. Nullement question ici de rancœur ou de pardon impossible. De pardon je suis capable. Non, c'était plus profond que ça, ça ne m'appartient plus, une loi animale dictée depuis la nuit des temps contre laquelle on ne peut rien. Si elle revenait, j'aurais toujours l'impression en caressant sa peau d'accrocher de minuscules particules de Ronsard qui subsisteraient encore, pellicules vestiges d'un temps maudit dont aucun shampoing, aucun savon ne viendrait jamais à bout. De la même manière que ma mère m'interdisait de ramasser les objets par terre, elle m'interdisait de toucher les chatons nouveau-nés pour ne pas imprégner leurs poils d'une odeur humaine, leur mère aurait pu les abandonner. Lisa est désormais nimbée du parfum de la trahison.

Avec ce roman, il est simplement question de susciter chez elle une admiration qui, durant ces longs mois, lui a fait défaut, et tant pis si c'est trop tard. De manière un peu perverse, je veux qu'elle réalise à quel point elle est passée à côté de moi, à quel point elle n'a pas su voir ce qui se cachait derrière cette apparente légèreté, éveiller chez elle une mélancolie sourde, graver dans son cœur un éternel regret comme on brode une fleur disparue, la tatouer à jamais de mon absence. Je vais consacrer mon mois d'été à écrire un roman poignant, sensible et émouvant, réveiller mes démons, transformer mon chagrin en matière brute, descendre à la mine et en remonter le texte le plus beau, le plus bouleversant qui soit. Je vais plonger dans l'écriture avec l'acharnement et la concentration d'un guerrier samouraï, un chemin dont rien ne m'écartera, je vais m'astreindre à un rythme strict et physique, dix mille signes par jour, guidé par l'écriture et elle seule, ne vivre et ne penser que par elle, chacun de mes gestes tendu vers un seul et unique but, le livre. Toute autre préoccupation ne serait qu'ornement et superflu, chaque instant consacré à percevoir en moi la voix venue du fin fond des âges, celle de mes grands maîtres samouraïs, me dictant la marche à suivre. Et m'occuper d'une piscine. Ça me semble gérable comme programme.

Marc s'est tiré une balle de fusil dans la bouche et il me semble que si je devais me suicider un jour, ce serait peut-être la dernière méthode que j'utiliserais. Je ne saurais pas où me procurer un fusil, et puis je suis si maladroit que je me louperais et passerais le restant de mes jours, non seulement vivant, mais avec une demi-mâchoire, ce qui me rendrait la vie encore moins supportable, ou comment aggraver son problème en tentant de le résoudre. On m'affublerait alors d'un surnom pas très glorieux (*Au fait, tu as des nouvelles de demi-mâchoire ?*) et je deviendrais le sujet permanent de railleries bon enfant dont je me forcerais à rire mais qui me blesseraient en secret (*Je te sers un demi du coup ?*).

C'est sa mère en personne qui m'a appelé pour m'annoncer la nouvelle, alors que Marc et moi nous étions perdus de vue depuis presque vingt-cinq ans. Mais, de dix à vingt ans, nous avions été les meilleurs amis du monde, nous étions inséparables. Ensemble nos premières amours, nos premières gorgées, nos premières bouffées, et nos interminables virées dans sa vieille Ford Fiesta, rebaptisée Ford Fiasco tant elle nous ramenait de nos soirées encore plus célibataires qu'à l'aller. Et puis j'étais parti faire des études, Marc n'était pas très scolaire, il était resté, avec les aimantés au comptoir, on continuerait de se voir mais de manière de plus en plus erratique, j'avais entre-temps rencontré de nouvelles personnes à la fac, m'étais créé de nouveaux cercles. Et si sa mère m'a appelé après tout ce temps c'est parce que j'ai fait partie des dernières pensées de Marc. Avant de se tirer une balle dans la bouche, il a laissé une lettre, une lettre d'une infinie tristesse, à la syntaxe maladroite mais bouleversante, dans laquelle il disait n'avoir jamais été vraiment heureux si ce n'est durant cette parenthèse d'insouciance qu'avait été notre adolescence ensemble, il évoquait brièvement quelques souvenirs qui avaient compté pour lui et j'ai pleuré comme un enfant perdu en lisant ces mots.

Depuis le suicide de Marc, elle m'appelle régulièrement, tous les trois ou quatre jours environ, elle me parle de lui, répète souvent les mêmes phrases, mais elle en a besoin, elle se demande aussi pourquoi, inlassablement, pourquoi il en est venu là, et je me demande si je suis le seul qu'elle appelle ou si, désespérée, au bout du bout de la tristesse, elle passe ses journées à faire le tour des proches de Marc, si le faire encore exister à travers son téléphone est devenu sa principale occupation, sa dernière raison de vivre. Je n'interviens pas beaucoup, mais ce n'est pas ce qu'elle attend de moi je crois, elle a surtout besoin de parler, d'une écoute silencieuse et éplorée. Et arrive toujours ce moment où elle me dit *Il t'aimait beaucoup tu sais…* et face à cette phrase je me trouve démuni, je ne sais que répondre. D'une fois à l'autre, je pourrais préparer une réponse type, mais je n'y pense jamais, et sa phrase me cueille à chaque fois, je me mets à bredouiller un son informe, mélange d'embarras et de pudeur, à mi-chemin entre le balbutiement gêné et le gargouillis d'estomac.

Il y a quelques années, ma mère a décrété qu'on ne se disait pas assez *Je t'aime* et a fait voler en éclats la règle tacite de notre famille faite de non-dits, de demi-mots, de quarts de regards. Depuis, chaque fois qu'elle m'appelle, sa dernière phrase est invariablement *Et n'oublie jamais que je t'aime*, et chaque fois je me retrouve, là aussi, complètement déstabilisé, alors que je sais que cette phrase advient invariablement, mais non, je ne sais pas quoi faire avec ça, je ne sais pas quoi faire avec les déclarations d'amour, on ne nous apprend pas à gérer ce genre de situations, balbutiements gargouillis.

Jeanne et Florent tiennent à me présenter Mylène, une copine de Jeanne, elle va me plaire, c'est sûr, *De toute façon, tu n'as pas le choix, on a déjà prévenu la nounou*, et cette phrase sonne le glas de toute contradiction, l'imparable argument de la nounou.

Jeanne et Florent ont des jumeaux, ils ont mis des années à essayer d'avoir un enfant et ont fini par se tourner vers une FIV. Le médecin leur a précisé que le procédé augmentait la probabilité de jumeaux, voire de triplés, mais, portés par l'euphorie de l'entreprise, ils ne voyaient pas en quoi c'était un problème, ils ne le découvriraient qu'après la naissance. Très tôt, l'un des deux (Gabin) s'est révélé un enfant adorable, d'une douceur extrême, et l'autre (Léo) un monstre insupportable, agressif et violent. Ils ont à présent cinq ans, et depuis quelque temps Léo a pris pour habitude d'étrangler son frère, à la moindre occasion, à la moindre contrariété, même si celle-ci n'a rien à voir avec son frère. Il n'est pas rare, alors que je suis au téléphone avec Jeanne ou Florent, qu'ils interrompent la discussion d'un *Attends deux secondes, je reviens, Léo étrangle Gabin*, de la même manière placide qu'ils auraient dit *Attends deux secondes, j'ai un double appel*. Un jour ça va mal finir, le méchant réussira à occire le gentil et tout ça me semble un assez bon résumé de la condition humaine et de son échec cuisant. Si les choses étaient bien faites, si l'humanité avait un semblant de sens moral, dans un darwinisme positif et bien pensé, en toute logique c'est le gentil qui devrait étrangler le méchant. Je me suis toujours abstenu d'en faire la remarque à Jeanne et Florent, on ne dit pas à des parents qu'il serait préférable que ce soit l'autre qui meure étranglé, ça n'est pas dans les codes, même si j'imagine qu'au fond d'eux, tout au fond, planquée dans un recoin enfoui et inavouable, cette perspective ne leur déplairait pas. Mais nous n'abordons pas le sujet, nous nous contentons de trouver la situation compliquée, sans souhaiter la mort de qui que ce soit, du moins ouvertement.

Léo est sous Ritaline, un traitement pour le calmer et le recentrer, et rares sont les phrases où le prénom Léo n'est pas suivi de près par le mot Ritaline, de sorte qu'on a l'impression qu'il s'agit d'un prénom composé, je me dis parfois qu'ils auraient dû l'appeler Ritaline, ça aurait tout simplifié.

Je suis toujours étonné, alors que nous sortons

ensemble et qu'ils ont confié les jumeaux à la nounou, de les voir si sereins. Il me semble qu'à leur place, je passerais des coups de fil toutes les demi-heures pour savoir si tout se passe bien, m'attendant à chaque instant à recevoir un appel des pompiers qui viendraient de découvrir le corps inerte de Gabin – voire celui de la nounou, ce qui changerait un peu de ces faits divers habituels où c'est la nounou qui maltraite les enfants. Mais ces soirées sont pour eux des respirations, des bulles d'air dépourvues enfin de la moindre molécule de Ritaline et je les soupçonne de n'avoir une vie sociale que pour éviter d'être confrontés à leurs enfants. Ils se demandent parfois quand tout ça va enfin se terminer, il arrivera bien un âge où Léo gagnera en maturité et en sérénité et ça ne sera plus qu'un mauvais souvenir, et j'imagine, moi, les deux jumeaux, à trente ans, venant déjeuner le dimanche midi chez leurs parents, avec leurs épouses respectives et leurs enfants, et au beau milieu du repas Léo se mettra subitement à étrangler son frère parce qu'il lui aura demandé de lui passer le sel et que l'autre ne l'aura pas entendu.

Mylène est une fille plutôt jolie, brune aux cheveux courts et des longs cils. Nous sommes tous les quatre en terrasse autour d'une table haute, nous discutons à bâtons rompus et le jeu consiste pour Jeanne et Florent à essayer de nous trouver à tout prix des points communs. Chaque fois que Mylène émet une opinion, un avis, manifeste une inclination, ils se tournent vers moi et s'exclament *Ah ben comme toi !* m'incitant à aller dans leur sens, et j'ai l'impression d'être un de ces enfants qui oublient leur texte au spectacle de fin d'année et dont les parents, dans le public, ouvrent grand les yeux et la bouche pour les encourager. Je m'exécute et bredouille des approbations diplomates pour ne pas casser la dynamique (il va sans dire qu'un *Ah non moi je déteste* ou *Ah non, je ne suis absolument pas d'accord avec toi* jetterait un froid) et c'est tout juste si on ne se met pas à faire la ronde tant nous sommes heureux de cette coïncidence. Tous deux s'engouffrent dès qu'ils le peuvent dans de minuscules interstices. Je me sens mal à l'aise, je ne sais pas ce qu'ils lui ont dit, quelle est la raison officielle de cet apéritif, je fume cigarette sur cigarette pour me donner une contenance, occuper mes doigts, ma bouche et tout ce qu'il est possible d'occuper, elle aussi d'ailleurs fume cigarette sur cigarette, voilà au moins un point commun non factice – quoiqu'un peu léger pour construire une relation.

Au terrain politique, généralement exclu lors d'un premier rendez-vous, car jugé trop glissant, on privilégie le terrain culturel, on évoque des musiciens, des écrivains, on lance des titres de films, on teste, on évalue, on roule sur des chemins de haute montagne, la roue parfois au-dessus du vide, le moindre faux pas pouvant à tout moment nous projeter dans le précipice.

Mylène gère plusieurs compagnies de théâtre, même si par *gérer* je ne vois pas trop ce qu'elle entend, mais comme je semble être le seul, je hoche la tête d'un air entendu. Elle nous parle d'un spectacle qu'elle adorerait voir, une compagnie qui mêle butô et vidéo, et je n'ose pas demander ce qu'est le butô, personne n'ayant relevé le terme, comme je m'abstiens de lui dire que la perspective de voir cette pièce-là ne fait pas partie de mes projets, ni cette pièce ni aucune autre d'ailleurs, je m'abstiens de lui dire : *Mylène, ne le prends pas mal mais, voilà, je suis atteint de la phobie du volontaire désigné.*

Ça s'est manifesté pour la première fois un jour où j'ai emmené ma nièce, la fille de ma sœur, à un spectacle pour enfants. Je n'étais là qu'en simple accompagnant, serein, absent, plongé dans mes pensées, jusqu'à ce que, tout à coup, sans préavis, l'un des comédiens prononce cette phrase, *On va maintenant demander à quelqu'un parmi vous de venir nous rejoindre sur scène*. Cette phrase m'a tiré de ma rêverie, me transperçant comme un poignard, je me suis mis à suffoquer, transpirer, la perspective qu'ils me choisissent moi tournait à la menace obsédante. Je n'ai pas été choisi, ils ont opté pour une certaine Mireille, au troisième rang, qui s'est révélée un choix judicieux, tant la Mireille en question se prêtait au jeu à merveille, entre maladresse touchante et rire communicatif. Ils avaient probablement vu au premier coup d'œil que j'étais un bien mauvais cobaye, j'aurais plombé l'ambiance jusque-là bon enfant, les gens auraient commencé à prendre leurs manteaux et à sortir discrètement, les comédiens eux-mêmes auraient subitement remis en question leur travail – voire leur choix de vie et le statut d'intermittent de manière générale. Je n'ai pas été choisi, pour autant j'ai passé le reste du spectacle dans un état de malaise indicible, incapable de me détendre, état qui a perduré toute la soirée, même bien après être rentré chez moi.

Par la suite, j'ai assisté à plusieurs spectacles (jamais de mon plein gré, toujours entraîné par des amis, si tant est qu'on puisse qualifier d'*amis* des personnes qui vous invitent à des spectacles) et chaque fois, j'ai été pris de la même phobie : la frayeur et les sueurs froides à la simple idée qu'à un moment donné on fasse monter un volontaire sur la scène. Chaque fois j'applique la méthode que j'employais en cours d'anglais lorsque madame Brégis s'apprêtait à désigner un élève pour l'oral : *Baisse la tête et aie l'air concentré sur quelque chose*. C'est d'autant plus absurde que le malaise me prend alors que je vais assister à des grands classiques, comme si, tout à coup, un des comédiens de la Comédie-Française allait pointer un doigt sur moi, tout en haut des gradins, en disant *Le monsieur là-haut va venir jouer le rôle de Sganarelle.* Je ne sais pas comment un psy analyserait ça, une forme d'égocentrisme ou de paranoïa d'avant-dernier stade – le dernier stade étant : je marche tranquillement dans la rue quand tout à coup des comédiens cagoulés viennent me kidnapper pour m'emmener de force dans un théâtre et me font monter sur scène.

Je réponds un *Oh, je note* un peu artificiel – encore que, pas si artificiel que ça, dans ce *Oh, je note*, on peut très bien lire *Je note dans ma liste des choses à éviter impérativement*. Mais aussitôt Jeanne sort ces mots que j'aurais aimé attraper au vol pour les cacher sous les mégots dans le cendrier, *Oh on pourrait y aller tous les quatre !* Et avant même que j'aie pu intervenir, j'assiste en direct à l'organisation d'une soirée spectacle. Tous trouvent l'idée formidable et attendent mon avis et je n'ai d'autre choix que de la trouver formidable aussi, ayant depuis longtemps admis que ma vie n'est régie que par l'enthousiasme des autres.

Roman sérieux. Mon café posé sur la table, le titre du dossier et moi nous toisons dans le petit matin déjà chaud, et j'invoque l'image de Lisa pour enclencher la machine. On écrit toujours pour quelqu'un, réel, imaginaire, de substitution, l'archer sans cible perd toute raison d'être. Un geste est toujours adressé à une personne précise, pour une raison bien déterminée.

J'ai perdu mon père alors que j'étais enfant et à l'école je faisais figure de curiosité, c'était encore une époque où les familles monoparentales étaient rares, on restait ensemble quoi qu'il arrive, on n'allait pas chez Ronsard à la moindre occasion. À la maternelle, le jour de l'élaboration du cadeau de la fête des pères, la maîtresse a trouvé une idée pour me faire participer aussi : le cadeau de la fête des pères serait pour mon grand-père. Voilà. Et alors que nous étions affairés à pétrir un cendrier en terre cuite, mes camarades, régulièrement, à tour de rôle, s'approchaient de moi, me posaient la main sur l'épaule, se penchaient légèrement vers moi, leur visage à cinq centimètres du mien, et me disaient avec un air un peu triste : *Ce sera pour ton papé*. Il s'agissait probablement d'une consigne secrète de la maîtresse pour que je me sente comme les autres, à ceci près que tous étaient passés me voir pour me dire cette phrase, de sorte que je ne me sentais absolument pas comme les autres. De manière générale, durant les premières années de ma vie, je n'ai eu à croiser que des regards miséricordieux, mes tantes, mes voisins, les gens du village, à la boulangerie, sur le marché, chaque adulte finissait toujours par me lancer un regard triste et lâchait *Pauvre Alan*, les premières années de ma vie, tous les adultes que je croisais m'appelaient Pauvre Alan, à tel point que j'ai longtemps cru que mon prénom n'était pas Alan mais Pauvralan.

Lisa t'a quitté ? Ce sera pour ton papé.

Et soudain l'épiphanie, l'illumination, l'évidence, mes grands-parents, mon papé militant communiste espagnol, voilà un sujet fort, je vais écrire un roman sur mes grands-parents arrivés en France pour échapper à Franco, un livre somme, un livre fleuve, huit cents pages traversées d'un souffle épique qui va tout embrasser (*C'est le* Cent ans de solitude *du vingt et unième siècle* dira Jérôme Garcin dans *Le masque et la plume*, ce que confirmeront à l'unanimité les chroniqueurs autour de la table), la guerre, les sentiments, les racines, la douleur, l'amour, les relations familiales, la filiation, la résilience, un récit choral où la petite histoire croisera la grande, où l'on suivra alternativement plusieurs protagonistes, chacun éclairant l'époque d'un prisme différent, ma grand-mère restée chez elle à Barcelone, s'occupant de ma mère et de mes oncles, mon grand-père en Sierra de Teruel, luttant vaillamment contre les franquistes. Il avait perdu deux doigts à la guerre et, enfants, mes cousins et moi étions fascinés par ces deux doigts manquants, et à chaque repas de famille nous le suppliions de nous raconter encore et encore l'histoire de la balle de fusil (Marie-Françoise lui aurait probablement dit : Juan José, c'est ton corps qui a essayé de te dire quelque chose pendant que tu te battais : *Tu es à deux doigts d'abandonner mais tiens bon !* Et tu as tenu bon, bravo), leur arrivée difficile en France, leur intégration, les conditions des réfugiés espagnols de cette époque. Alan Cuartero, me dit Claire Chazal, son regard vif et pénétrant planté dans le mien, parler de cette vague d'immigration durant la guerre d'Espagne, n'est-ce pas au fond pour vous un prétexte à parler de l'immigration aujourd'hui ? Silence. — Bien sûr. Silence. C'est évident. C'est. C'est un sujet qui me touche particulièrement, qui fait écho à mes racines et. Silence. Vous savez, les deux mois que j'ai passés en immersion dans la jungle de Calais m'ont profondément affecté, on ne sort pas indemne d'une aventure humaine pareille. Lisa, devant sa télé, abasourdie, se demande pourquoi bon sang je ne lui ai jamais parlé de ça, de mes deux mois à Calais, elle est bouleversée. Et ce grand-père, son histoire, cette blessure au cœur qui remonte à loin, pourquoi me l'avoir cachée, Alan, pourquoi ? Subitement se réorganisent en elle tout un tas d'images, s'impose un éclairage nouveau, elle comprend tout à coup mes absences, mes coups de mou, tout s'explique et s'illumine et se démêle. Ce déracinement caché, c'était donc ça, tu avais le détachement des meurtris, Alan, la carapace des amochés, une blessure que je n'ai su déchiffrer ni comprendre, si tu savais comme je m'en veux, mon Dieu si tu savais. À cet instant précis, Paul lui lance de la cuisine *Tu n'as pas vu le tire-bouchon ?* Et elle le trouve subitement superficiel avec son tire-bouchon et ses poils et son Ronsard, que sont Ronsard et Baïf à côté de ces hommes qui se sont battus contre le fascisme ?

Voilà, un livre sur l'épopée de mes grands-parents pendant la guerre d'Espagne. J'ai déjà le titre : *Sol y sangre. Sol y sangre*, je me lève et répète ce titre en boucle tout en marchant à grands pas autour de la piscine comme un possédé, le déclinant sur tous les tons, *Sol y sangre*, *Sol y sangre*, *Sol y sangre*, Alan Cuartero, *Sol y sangre*, pourquoi ce titre ? — Voyez-vous, Claire, il m'est apparu qu'il fallait revenir aux fondamentaux, le soleil de l'espoir, le sang de la lutte,

Sol y sangre, et le prix Goncourt est attribué à l'unanimité à... *Sol y sangre* d'Alan Cuartero ! Acclamations. Il n'y a pas à dire, c'est un titre à prix.

Et alors que j'arpente frénétiquement le tour de la piscine en répétant mon titre, mon regard est attiré par quelque chose qui bouge dans l'eau, je m'accroupis pour mieux voir et, non je ne rêve pas, il s'agit d'une espèce de petit insecte, une entité quasi extraterrestre que je n'avais jamais vue de ma vie, une sorte de petit scarabée pourvu seulement de deux longues pattes partant du milieu du corps, la bête progresse dans l'eau en nageant une forme de brasse saccadée, avançant par à-coups.

Je retourne m'asseoir à l'ordinateur et tape sur Google *insecte deux pattes brasse piscine*, conscient de l'incongruité de ma recherche (d'autant que, par définition, un insecte possède six pattes, mais je me dis que certaines sont peut-être dissimulées, je n'imagine pas une seule seconde l'évolution avoir doté un pauvre animal de deux membres uniquement, même si par ailleurs elle crée des jumeaux dont le plus fort étrangle le plus faible). Contre toute attente, Google voit très bien de quoi je veux parler : Notonecte. Une punaise aquatique. *Ces espèces comptent parmi les insectes aquatiques les plus communs des eaux dormantes ou à très faible courant. Elles sont facilement reconnaissables à leur attitude au repos, face ventrale vers le haut, inclinée sous la surface de l'eau, et aussi par une nage saccadée.* Effectivement, c'est un insecte, je n'ai vu que deux pattes mais il en possède six. Je retourne au bord de la piscine, me mets à genoux et le regarde nager durant de longues minutes, hypnotisé par cette fascinante chorégraphie.

Je suis taraudé par une question qui n'a pas lieu d'être : comment vais-je annoncer à mon éditrice que j'ai décidé de me lancer dans un roman sérieux ? Comme si ça allait la chambouler, comme si elle attendait mon prochain roman avec une impatience fiévreuse alors que le premier était passé inaperçu. Je surestime largement l'attente qu'elle place en moi, comme ces joueurs de foot remplaçants qui entrent sur le terrain cinq minutes avant la fin du match en faisant de grands gestes aux autres, leur donnant mille recommandations, l'air grave et solennel. Elle va accueillir ça au pire avec une indifférence polie, au mieux avec un encouragement absent. C'est une petite femme énergique et enthousiaste, toujours positive, qui passe son temps, quand elle envisage une situation, à toucher du bois puis à tapoter son front du bout de ses doigts joints en guise de porte-bonheur ou conjuration de sort, en fonction de la situation. Je n'avais jamais croisé ce geste avant elle, elle m'a transmis son tic, je me suis mis moi aussi, à la moindre occasion, à me tapoter le front après avoir touché du bois, et je dois faire montre d'une volonté surhumaine pour ne pas le faire quand elle le fait, elle pourrait croire que je la singe. Comme si je n'étais pas assez encombré de tares et de manies.

Il y a quelques années, j'ai attrapé le doublet heures-minutes : quand une horloge indique le même chiffre aux heures et aux minutes, je dois impérativement toucher le bout de mon nez avec l'index, si je ne le fais pas, je prête le flanc aux pires malédictions. Ce qui, au départ, n'était qu'un simple jeu avec ma nièce a fini par prendre des proportions qui m'échappent. Je ne peux plus m'empêcher de le faire, c'est devenu obsessionnel. Pire : si par malheur je découvre une horloge affichant 14 h 15, et que donc je viens de louper le 14 h 14, je suis pris d'un malaise sourd et me prépare mentalement à une catastrophe imminente.

Question que je me pose régulièrement : si un jour j'étais suspendu au bord d'une falaise, au-dessus du vide, à peine agrippé du bout des doigts, et que passe subitement une horloge indiquant un doublet heures-minutes (on est en droit de se demander ce que ferait une horloge ici, toute seule, à se balader au bord d'une falaise, mais imaginons un homme qui tente de m'aider, me tend la main et sa montre à quartz affiche 11 h 11, imaginons aussi qu'il existe encore des personnes qui portent des montres à quartz), donc, quelle serait ma réaction ? Est-ce que je lâcherais une main pour toucher le bout de mon nez au risque de n'avoir plus qu'une main pour me tenir et risquer la chute ?

Je décide d'envoyer un mail à mon éditrice, il faut battre le fer tant qu'il est chaud.

Chère Christine,

J'espère que cet été se déroule au mieux pour vous. Je vous écris juste un petit mot pour vous donner des nouvelles de mon travail, qui risque peut-être de vous surprendre : j'ai décidé de mettre temporairement de côté le roman de comédie pour me lancer dans un projet qui me tient à cœur depuis longtemps, je me dis que le moment est peut-être venu. Il s'agit d'un roman sur les réfugiés espagnols arrivés en France pour fuir la dictature de Franco. Une grande épopée humaine qui sera prétexte à parler de mes racines, de mes grands-parents, de ma mère… Le titre en sera Sol y sangre. *Voilà, j'espère que vous êtes aussi emballée à cette idée que je le suis moi-même. Je vous tiens au courant de l'avancée des travaux.*

Bien à vous,

Alan

Le site est magnifique, un théâtre antique parfaitement conservé, on aurait pu venir le visiter sans spectacle, c'eût été tout aussi bien. Jeanne et Florent se sont débrouillés pour que Mylène et moi soyons assis côte à côte et cette promiscuité me met mal à l'aise. Nous sommes à même la pierre, sans le moindre accoudoir entre nous, et j'ai bien pris soin de laisser un espace entre nos sphères intimes respectives, mais à mesure que les spectateurs arrivent et s'assoient, ils nous obligent à nous rapprocher et la distance séparant nos fesses s'amenuise dangereusement, à ce rythme je vais finir sur ses genoux avec le même air stoïque. Pendant que les gens s'installent, Mylène me parle du site (il a été construit au Ier siècle avant J.-C. sous le règne de l'empereur Auguste et pouvait accueillir jusqu'à dix mille spectateurs), puis les lumières s'éteignent. Un silence s'installe quelques secondes avant que n'apparaissent sept personnes presque nues, recouvertes de la tête aux pieds de peinture blanche, progressant vers le centre de la scène avec des gestes extrêmement lents et je comprends alors que la soirée va être longue. Ils évoluent sur une musique new age faite de nappes synthétiques, une chorégraphie dont chaque geste est décomposé, exécuté avec une extrême lenteur, comme si on assistait à une migration de paresseux – espèce aussi appelée *aï*, et voilà précisément le mot qui me traverse l'esprit, *aïe*, c'est peut-être l'effet recherché, peut-être sommes-nous dans un parti pris, une mise en abyme entre la pièce et ce qu'elle provoque.

Derrière les sept personnes (pourquoi sept précisément ? Les Sept Merveilles du monde ? Les sept péchés capitaux ? Les sept nains, qui tous se seraient prénommés *Léthargique* ?), sur un grand écran, sont projetées des images très rapides et saccadées, montées au scalpel, un train défilant sur des rails en vision subjective, des images en accéléré d'une pomme qui flétrit ou du cadavre d'un renard en décomposition. Des images en contraste avec les corps blancs qui, eux, incarnent une forme de résistance à l'accélération du temps, et le message semble être : tout va trop vite, refusez le rythme que vous impose la société capitaliste, enduisez-vous de peinture blanche et marchez très lentement. Alors que je rêve, moi, d'être cette pomme pour qui le temps passe si vite – la dépouille de renard me tente moins, encore que, tout sauf ce temps étiré à l'infini.

Subitement, alors que je ne m'y attendais pas, voilà qu'elle me reprend : la phobie. Ils vont m'appeler. Il vont me faire monter sur scène, m'enduire de peinture blanche et je devrai exécuter des mouvements lents et décomposés avec eux. Ou, pire, je devrai représenter, moi, le contretemps, exécuter des mouvements très rapides et épileptiques pour contraster avec leur rythme à eux, je représenterai la marche folle du capitalisme, et tout le théâtre antique n'aura d'yeux que pour moi. Mon cœur se met à accélérer, je commence à suffoquer, à deux doigts du malaise vagal. J'essaie de me raisonner en me persuadant que ça demanderait un temps fou de me faire descendre des gradins et de m'enduire de peinture – quoique le temps n'ait pas l'air d'être une de leurs préoccupations principales. Alors que je parviens peu à peu à me détendre, voilà qu'une envie pressante d'uriner prend le relais. J'aurais dû prendre mes précautions avant de m'asseoir – et surtout ne pas boire une bière pour me donner du courage. Je pense à la sonde dont sont pourvus les cyclistes du Tour de France pour uriner sans descendre de vélo, voilà ce qu'il me faudrait. Il me semble avoir entendu dire que certains cyclistes sortaient leur sexe pour uriner tout en pédalant. Je ne sais pas quelle est la vraie version, peut-être y a-t-il deux écoles, la sonde et le pénis à l'air, quoi qu'il en soit aucune des deux ne me semble indiquée ici, sur les gradins d'un théâtre antique, ma sphère intime collée à celle de Mylène. Je décide de penser à des événements tristes pour détourner mon attention de mon envie, supposant que l'urine n'est pas soluble dans la peine. Je pense au suicide de Marc, aux lèvres de Lisa qui ne toucheront jamais plus les miennes, à ses rires qui fusaient sans prévenir, à la lente agonie du Gulf Stream et, sans très bien savoir pourquoi, à la tumeur faciale du diable de Tasmanie, ce cancer responsable de la lente disparition de l'espèce qui se transmet par morsure et se développe de façon très rapide, et je n'ai pas la moindre idée de la raison pour laquelle ce sujet m'apparaît ici et maintenant.

De temps à autre, je jette un œil vers la scène pour savoir où en est l'action et à présent les acteurs s'entremêlent en une forme de boule qui se fait et se défait comme une pelote de laine et ce doit être une métaphore du big bang et de la renaissance au monde, nous allons reconstruire la notion de temps, nous allons poser les bases d'une nouvelle chronologie, dorénavant tout va être très lent et très long et extrêmement ennuyeux, et nous serons heureux, apaisés, nos enfants se développeront loin de toute agitation et nous payerons nos biens avec des coquillages. Une dame devant moi tient un programme dans ses mains, et il me semble déchiffrer, alors que je jette un œil par-dessus son épaule, en haut à droite près d'un titre : *4 h 35*. Je suis pris de sueurs froides en imaginant qu'il s'agit de la durée du spectacle, non, c'est impossible, aucune pièce ne dure quatre heures trente-cinq et puis je ne suis même pas sûr qu'il s'agisse du programme de ce soir.

Je commence à avoir mal aux fesses, après le site ce sont mes fesses qui commencent à devenir antiques. Je m'agite comme un enfant à l'arrière d'une voiture, observant les gens autour de moi, et je comprends pourquoi les habitués du lieu sont venus avec leur petit coussin. Ils semblent absorbés, concentrés, je les envie d'être à ce point captivés. Ou peut-être ne le sont-ils pas du tout, peut-être le temps est-il aussi long pour eux que pour moi, peut-être ceux qui n'ont pas de coussin ont-ils aussi les fesses en voie de putréfaction/fusion avec le gradin. J'ai l'impression que nous sommes dans un jeu futuriste grandeur nature à la *Hunger Games* où nous jouons notre survie, nous sommes cinq mille individus enfermés dans un cirque, assis sur de la pierre, et nous devons tenir le plus longtemps possible, seul le dernier à se lever survivra, les autres seront tués, ou emprisonnés à vie, ou spectateurs à vie d'un spectacle de butô. *Ass Game, ils doivent sauver leurs fesses, un seul y parviendra* – j'ai déjà la bande annonce. Et puis tout à coup, alors que je visualise le vainqueur du *Ass Game*, au micro, remercier et prononcer un discours sur la tolérance, le rapprochement entre les peuples et l'acceptation de l'autre (Rocky Balboa à la fin de *Rocky IV*, *Si moi j'ai changé, si lui a changé, alors nous pouvons tous changer*), alors que je ne m'y attendais plus : des applaudissements. Je mets un quart de seconde à comprendre que les applaudissements ne font pas partie de mon scénario mais sont bel et bien réels, c'est fini, la représentation est terminée, et je me mets moi aussi à applaudir à tout rompre, de joie, de soulagement, de retour au monde, et tout le cirque antique applaudit pour les mêmes raisons, parce que c'est fini, parce que nous sommes délivrés, parce que ensemble nous avons réussi à traverser cette épreuve, forts, solidaires, et j'en ai presque les larmes aux yeux, et nos regards se croisent à cet instant précis, Mylène sourit aussi, je la devine touchée que le spectacle m'ait à ce point bouleversé.

Après, nous restons un instant devant le cirque pour atterrir en douceur, sortir lentement de notre fascination et commenter ce que nous venons de vivre, cette extraordinaire occupation du temps et de l'espace, l'hybridation des formes qui interroge la notion de finitude dans ce qu'elle a de plus tragique et dérisoire (j'évite soigneusement de livrer ma vision : éloge de la lenteur, éloge des escarres, éloge de l'implosion de prostate). Jeanne et Florent doivent prendre congé et rentrer avant étranglement de jumeau, j'en profite pour leur emboîter le pas alors qu'ils cherchaient probablement à nous laisser seuls

Mylène et moi mais décidément, non, je ne me sens pas prêt. Mylène a l'air d'être quelqu'un de bien, c'est moi, ça vient de moi, il est encore trop tôt pour se remettre en selle. J'ai besoin de temps, mon cœur est un acteur de butô badigeonné de blanc.

J'ai toujours été guidé par un postulat : une fille qui vous présente ses parents ne vous quittera pas. Donc non seulement ce postulat s'est révélé erroné avec Lisa, mais aussi avec toutes les petites amies l'ayant précédée et qui m'ont présenté à leurs parents. Néanmoins je continue à m'accrocher à ma théorie comme une mouche se cogne mille fois à la vitre pour essayer de sortir. Selon moi, la présentation aux parents constitue un pas en avant décisif, voire irréversible, elle entérine la relation, l'enrobe d'une chaude sécurité, elle signifie deux choses primordiales : d'une part la petite amie considère la relation suffisamment sérieuse et stable et belle pour l'annoncer officiellement, d'autre part, une fois ses parents informés, elle ne voudra pas les décevoir en annonçant que l'histoire est terminée (*Pff bon OK je reste avec lui sinon mes parents vont être tristes*), double sécurité. Je me sens d'emblée à l'abri sentimentalement, tout danger est définitivement écarté. Si pour les réticents de l'engagement la présentation aux parents ressemble à un verrou de plus sur la porte, elle constitue, pour les phobiques de l'abandon dont je suis, une clause contractuelle définitive protégeant l'acquéreur. À un détail près que je prends soin d'oublier chaque fois : certains ont la présentation plus facile que d'autres. Quand elle est un acte solennel et quasi cérémonial pour les uns, elle est, pour les autres, complètement anecdotique. Peut-être Lisa a-t-elle présenté le moindre de ses petits amis à ses parents, peut-être tiennent-ils même tous les trois une sorte de carnet, un carnet *Mecs de Lisa*, où sont référencés tous les petits amis depuis son enfance, et chacun met son appréciation selon différents critères – situation professionnelle et financière, aptitude au bricolage, connaissance des équipes de première et deuxième divisions, gentillesse, générosité, et je ne veux pas croire qu'il existe une colonne *Bon coup au lit*, n'exagérons pas, ce sont ses parents tout de même. On s'accorde sur une moyenne pondérée des trois notes et tous les ans à Noël est instauré un rituel, après quelques coupes de champagne, avant le dessert, ils sortent le carnet et débattent, refont le match, légèrement éméchés, *Ah ah tu as bien fait de le quitter celui-ci* ou bien *Ooh on l'aimait bien celui-là* – j'espère, bien entendu, appartenir à cette seconde catégorie.

Notre première rencontre aurait dû me mettre la puce à l'oreille, parfois il faut savoir écouter les signes. Ses parents nous avaient invités à prendre un *apéritif dînatoire*, façon de ne pas formuler le mot *repas* qui aurait tétanisé tout le monde et aurait donné à cette entrevue un aspect lourd et protocolaire. Il avait donc été décrété d'y aller doucement, et, paradoxalement, c'est le terme *apéritif dînatoire* qui, moi, me tétanisait complètement, qui me semblait extrêmement codifié, bien plus que ne l'était un repas en réalité. Possédais-je tous les codes de l'apéritif dînatoire ? En quoi cela consistait-il au juste ? On mangeait mais peu ? Chaque fois que l'on buvait une gorgée, fallait-il ingurgiter une bouchée d'aliment solide ? Ne fallait-il s'asseoir qu'à peine ? Ou juste sur une seule fesse ? Devrions-nous alterner les positions assise et debout ? J'étais mort de trac.

À peine quelques minutes après nous être assis (c'était donc en position assise, on progressait) j'avais été pris d'une pressante envie d'uriner, et la première comparaison qui me vient là subitement, après le spectacle de butô du cirque antique, est que ma prostate agit un peu comme les glandes de ces grenouilles tropicales qui sécrètent une toxine pour tenir leur prédateur à distance dès lors qu'elles se sentent en danger. Et plus je tentais de focaliser mon attention sur autre chose, plus l'envie se faisait pressante et moins j'étais à la conversation. Est-ce que ça se faisait d'aller aux toilettes chez ses beaux-parents en plein apéritif dînatoire lors d'une première rencontre ? Et si oui, comment le formuler ? Finalement je m'étais jeté à l'eau d'un simple *Les toilettes ?* léger, succinct, british. Là j'avais fait mon affaire et quelques gouttes avaient malencontreusement échoué sur le bord de la cuvette. J'avais attrapé le rouleau de papier toilette posé face à moi mais, dans la précipitation, il m'avait échappé des mains et était tombé dans la cuvette. J'étais horrifié. J'étais resté là, durant quelques secondes, immobile, dans un état de sidération passive, fixant le rouleau prenant l'eau de toutes parts comme un *Titanic* impuissant, la majesté en moins, et la chanson de Céline Dion s'était mise à bêtement résonner dans ma tête. Reprenant mes esprits, j'avais retiré le rouleau imbibé d'eau, le tenant du bout de mes doigts au-dessus de la cuvette, cherchant une solution rapide, Lisa et ses parents devaient commencer à se demander ce que je fabriquais aux toilettes tout ce temps. J'avais fini par le poser derrière la cuvette et avais placé devant, pour le dissimuler, un petit panier en osier qui se trouvait là et qui contenait d'autres rouleaux (neufs ceux-là) et des produits d'entretien. J'aurais pu évacuer le papier dans la cuvette par morceaux mais cette solution impliquait de tirer la chasse une bonne quinzaine de fois de suite et je n'ose imaginer ce que Lisa et ses parents en auraient conclu.

Quand j'étais sorti, il me semblait que des heures s'étaient écoulées, ils continuaient de parler comme si de rien n'était, évitant soigneusement de me regarder, comme si tout ça était normal, et c'était pire encore que d'essuyer des questions, des remarques, des regards interrogatifs. L'apparente normalité d'une situation anormale avait quelque chose de profondément angoissant et valait-il mieux avouer avoir laissé tomber un rouleau dans une cuvette pleine d'urine que de laisser planer une suspicion de je ne sais quoi lors d'une première rencontre chez ses beaux-parents ? Chaque fois que j'y retournais par la suite, je m'y rendais avec la frayeur sourde qu'ils n'évoquent le sujet (*Vous ne savez pas quoi ? Quelqu'un a laissé un rouleau imbibé d'urine derrière le panier en osier !*) mais ils ne l'ont jamais fait. Soit ils soupçonnaient que c'était bien moi le responsable et ne voulaient pas me mettre mal à l'aise devant Lisa, soit ils n'avaient jamais découvert le rouleau secret et il s'y trouvait encore et y serait encore dans des millénaires, un jour des archéologues tomberaient dessus et se diraient *Arf, encore un type dont l'apéritif dînatoire a dû être un calvaire*. Du début à la fin de notre relation avec Lisa a plané l'ombre menaçante du rouleau de papier toilette et dans le carnet des mecs de Lisa est peut-être écrit en grosses lettres rouges *Bousille le PQ avec sa pisse, 0/20 !!* souligné trois fois.

L'intronisation de Florent chez ses beaux-parents a été pire encore. Lors de son premier Noël dans sa belle-famille, les parents de Jeanne donc, il s'est aperçu à la toute dernière minute qu'il n'avait pas prévu de cadeaux, il a alors acheté une bouteille de vin pour son beau-père et, pour sa belle-mère, il a recyclé un cadeau qu'on lui avait fait à lui, un roman de gare qu'il n'avait jamais ouvert et dont il ne connaissait même pas le sujet. Il le lui a offert en lui disant qu'il l'avait trouvé très beau. Par curiosité, il est allé voir quelques jours plus tard ce que la critique en pensait et en a découvert le sujet : le roman traitait d'un homme secrètement amoureux de sa belle-mère. Il a failli mourir sous le choc. Il a poussé le masochisme jusqu'à racheter le livre en question pour se rendre compte par lui-même de l'étendue des dégâts, et là ça a été pire que tout, il était effaré. Il s'agissait d'un roman gentiment érotique, parsemé de passages tels que *Dans les repas de famille, il aimait à regarder en coin ses formes généreuses* ou bien *Il avait la sensation intime qu'elle regardait ses fesses chaque fois qu'il s'éloignait* ou bien encore *Le soir il s'endormait toujours avec l'image de ses seins nourriciers, lourds et pleins, promesse de plaisirs défendus*. Durant des mois, chaque fois que Jeanne et lui allaient leur rendre visite, il sentait un profond malaise, un climat suffocant, sans même savoir si sa belle-mère avait lu le livre, peut-être que ça venait simplement de lui mais rien n'était moins sûr.

Voilà ce qui nous a toujours rapprochés, Florent et moi : le gène de la catastrophe auto-immune, une aptitude à se rendre la vie plus pénible encore sans la moindre aide extérieure. Un vrai don de Dieu.

Un homme apprend que ce père qui l'a abandonné alors qu'il avait à peine quatre ans, les laissant seuls lui et sa mère, est atteint d'une maladie incurable au fin fond de l'Inde où il vivait depuis des années, loin du monde occidental. Le fils décide de partir à sa rencontre pour lui pardonner avant qu'il ne meure. Y parviendra-t-il ? Ou bien son père mourra-t-il juste avant que son fils n'arrive ? Mais alors que serait la morale de l'histoire ? Une fois en Inde, il rencontrera l'infirmière ayant accompagné les derniers jours de son père. Il était venu chercher ses racines et reviendra avec l'amour, comme si son père lui avait laissé un cadeau pour se faire pardonner, un dernier message. Un grand livre sur la filiation, la paternité, le pardon, la résilience. (Références : La cité de la joie, Jamais sans ma fille.*)*

Alan Cuartero, pensez-vous qu'on guérisse un jour de son enfance ? — Vous savez, Claire, dans la jungle de Calais, j'ai connu un homme qui avait tout perdu, sa femme, ses enfants, et un groupe de Kurdes avait brûlé la tente qui constituait son unique lieu de vie, son seul bien, et savez-vous ce qu'il m'a répondu quand je lui ai demandé si ça allait ? Il m'a regardé, a affiché un sourire plein d'espoir et a déclaré, de sa voix douce et posée : *Everything will be fine*, serrant contre lui une peluche que je devinais avoir appartenu à son fils disparu, et voyez-vous, Claire, jamais une phrase ne m'a autant bouleversé. Claire Chazal déglutit péniblement, l'émotion se lit sur son visage, Lisa réprime une larme, elle trempe ses lèvres dans son thé pour cacher son émotion, Ronsard passe derrière elle, elle zappe machinalement pour ne pas éveiller les soupçons.

J'ai noté ce point de départ dès mon réveil dans mon dossier *Roman sérieux*. L'idée m'est venue hier soir en me couchant, pour autant je n'abandonne pas *Sol y sangre*, je laisse simplement mûrir l'idée, il faut que tout ça se décante, s'aère, s'oxygène, repose comme une pâte à pain, rien ne m'empêche de noter des pistes de romans quand elles me viennent, sans délaisser *Sol y sangre*, car c'est elle ma grande œuvre. Cette fois j'irai jusqu'au bout. Ma vie n'a toujours été constituée que de débuts avortés, de faux départs, de pétards mouillés, toute ma vie j'ai semé des inachevés.

Pour les soixante-dix ans de ma mère, j'avais eu une idée fabuleuse : j'avais lu dans la presse que Julio

Iglesias était de passage à Ramatuelle pour quelques jours de vacances, mon sang n'avait fait qu'un tour : j'allais offrir à ma mère une dédicace de Julio Iglesias, son idole de toujours, dont elle possédait tous les disques, tous soigneusement rangés dans un placard et dont elle connaissait par cœur les paroles des moindres chansons. J'ai été bercé toute mon enfance par sa voix de crooner latin qui, aujourd'hui encore, même si je ne l'assume qu'à moitié, a tendance à m'émouvoir – une image fugace : ma mère en train de faire la vaisselle en chantant *La nave del olvido* avec le disque pendant que je joue avec un petit animal en plastique (un lion ?) que je viens de découvrir dans le paquet de petites pâtes. Certains dans l'enfance développent des allergies, contractent des maladies auto-immunes, on m'avait inoculé, à moi, Julio Iglesias. Et donc mon plan était des plus simples : j'allais subtiliser discrètement l'autobiographie de Julio que j'avais offerte à ma mère quelques années plus tôt (*Entre le ciel et l'enfer*, édition de 1981, dénichée dans un vide-greniers et achetée comme on achète un sachet d'héroïne ou une revue porno, vérifiant tout autour de moi que personne n'ait repéré le geste), faire mon sac, grimper dans ma voiture, me rendre à Ramatuelle, aller voir Julio Iglesias pour lui demander une dédicace et hop, le tour serait joué. Un jeu d'enfant. Je devais bien ça à ma mère après des années de colliers de nouilles. Mais à peine installé dans ma voiture, mon sac sur le siège à côté, une chape de plomb s'était abattue sur moi, une lassitude lourde, et mon entreprise m'était soudain apparue titanesque, vaine, immature, et j'étais resté là, sur le siège, dix minutes, un quart d'heure, peut-être une heure, j'en étais ressorti las et vidé, asphyxié par un manque soudain de sens et j'éprouvais la sensation physique que mon corps était le siège de combats permanents entre des bactéries positives porteuses d'élan et les globules blancs de l'inertie qui leur sautaient à la gorge pour les neutraliser, défendant mon système de toute ingérence, de toute velléité de projet. Plus tard, cette sensation s'est répétée régulièrement, cette abdication de tout, surtout durant ma vie commune avec Lisa, et chaque fois Julio Iglesias m'apparaissait physiquement, comme la dame blanche au bord des routes dans les contes de mon enfance pour annoncer un accident à venir, à ceci près que l'apparition de Julio Iglesias n'annonçait rien, il n'était là que pour pointer mes abandons. Il était l'allégorie vivante du forfait, du dépôt de bilan.

J'avais envisagé un instant l'idée d'imiter sa signature sur le livre de ma mère, mais je ne l'avais pas fait. Au collège j'avais été promu écrivain public de mots d'excuses, j'avais cette capacité à imiter n'importe quelle écriture, contrefaire n'importe quelle signature, et c'est régulièrement qu'on venait solliciter mes aptitudes pour sécher les cours de sport, *Monsieur, ma fille Valérie Jourdan, 3e B, ne pourra pas assister au cours de sport car elle a ses règles, cordialement*, les filles de ma classe, faute de m'offrir leur corps, m'avaient confié leurs règles et c'était déjà ça.

Le téléphone sonne, c'est Jeanne, elle veut savoir comment j'ai trouvé Mylène, je lui dis qu'elle est chouette mais que, vraiment, je n'ai pas la tête à ça, elle me demande de préciser, *Chouette, c'est-à-dire*, elle veut savoir ce que j'en ai pensé, ce que j'ai ressenti, si ça a *matché* (*matché*, qu'entend-elle par *matché* ?), si ça me dit qu'on organise une autre soirée à quatre ou si je me sens de l'appeler de mon côté pour la revoir en tête à tête, et je suis enseveli par ses questions qu'elle déverse sur moi comme le mortier d'une bétonnière industrielle, *Je ne sais pas Jeanne, je ne sais pas*, je répète, *je crois qu'il est encore trop tôt je t'assure*, elle finit par me dire *Écoute, Alan, laisse mûrir quelques jours, soupèse tous les paramètres, attends de voir avant de décider quoi que ce soit*, et j'ai l'impression que je suis en train d'acheter un Monospace. Elle ajoute *De toute façon, on va t'en présenter d'autres, on va pas te lâcher comme ça*, avec un ton mi-officiel mi-taquin et je n'ai même pas le temps de protester qu'elle a déjà raccroché.

Je m'approche de la piscine, la notonecte est toujours là, j'ai même l'impression qu'elle vient vers moi, comme pour me saluer, je trempe ma main dans l'eau, elle opère un demi-tour très vif, premiers instants de la relation, premières approches maladroites et pudiques, va petite notonecte, poursuis ta route. Je me dis que ce serait bien que je lui trouve un prénom. Le premier qui me vient est Octave, je ne sais pas pourquoi, probablement les sonorités jumelles en *ct*, Octave la notonecte, mais c'est peut-être un peu redondant. Et puis Octave ça fait trop Fabrice Luchini, je ne sais pas trop d'où me vient cette pensée, je serais incapable de citer de mémoire un film où Fabrice Luchini s'appelle Octave, ou alors peut-être s'appelle-t-il Octave dans à peu près tous ses films. Mais bon, après tout, va pour Octave, Octave la notonecte.

Un homme et une notonecte nouent une relation qui va s'intensifier au fil des jours jusqu'à devenir fusionnelle, un lien où va affleurer une certaine ambiguïté… Amour ? Amitié ? Nul ne le sait. Mais un jour l'homme se réveille et trouve son compagnon gisant à la surface de l'eau, il va devoir traverser une phase de deuil déchirante, toutes ses certitudes sur le sens de la vie vont voler en éclats, un roman poignant sur la relation homme-animal, un roman d'amitié, de tolérance, de fidélité et de résilience. (Références : Le grand bleu, Flipper le dauphin, Belle et Sébastien, Brokeback Mountain.*)*

Mon téléphone sonne à nouveau, c'est la mère de Marc, elle propose que je passe la voir demain, elle aimerait me donner quelque chose, mon cerveau dit non mais ma bouche dit *D'accord vers quelle heure ?* et il faudra un jour que je songe sérieusement à les mettre en relation ces deux-là, ça peut toujours servir.

CHLOÉ

La fille s'appelle Chloé, nous sommes en terrasse du Belleville et c'est *Soirée Fiesta,* annonce fièrement l'ardoise devant le restaurant, d'une écriture à la craie, entourée d'étoiles maladroites et de petits ronds que je suppose être des confettis (ça ressemble plus à des flocons de neige mais en plein mois d'août, ce serait mal pensé). Devant nous sur la terrasse, tenant leur micro, deux femmes d'un certain âge, une brune et une blonde, sortes de Véronique et Davina en talons hauts et robes moulantes à paillettes, l'une rouge l'autre jaune, chantent des chansons d'été sur des bandes-son préenregistrées d'où se dégage une profonde mélancolie sans que je sache à quoi c'est dû. Peut-être est-ce de voir ces deux femmes dont le temps a effacé les rêves à coup de désillusions successives, qui s'étaient rêvées à l'Olympia et se retrouvent là, à cinquante ans bien tassés, au Belleville, devant une ardoise annonçant

Soirée Fiesta, avec des touristes venus en famille déguster une formule moules-frites à volonté à 14 € 50. À moins que la mélancolie ne vienne de moi, que cette scène n'évoque chez moi un sentiment enfoui qui hiberne tous les ans, peut-être ces chansons d'été, chantées dans la douceur d'un soir d'été entouré de gens d'été et d'ardoises d'été me ramènent-elles à un paradis perdu où tout était plus simple et chaud et drôle et sans conséquences, aux étés passés avec Marc, à ces bulles de liberté sans fin et les étés à venir ne seront plus jamais à la hauteur de ceux qui sont derrière, et je me dis que le temps passe vite et dévale la pente comme la lave d'un volcan qui se réveille et statistiquement combien d'étés me reste-t-il ? Soirée Fiesta.

Et donc ce soir c'est Chloé. J'ai intérêt à noter les prénoms sur une feuille, au rythme où Jeanne et Florent ont décidé de me présenter des filles je risque de perdre le fil assez vite, c'est bientôt moi qui vais devoir tenir un carnet avec des annotations. Je ne sais pas à quoi ils jouent mais ils s'imaginent que multiplier les rencontres va multiplier les chances de me faire rencontrer quelqu'un et malgré les apparences on nage en plein sophisme.

Chloé parle vite et fort, son débit est haché, elle a quelque chose de passionné dans tout ce qu'elle dit, de ces ouragans qui vous emportent ou vous éjectent en fonction des dispositions dans lesquelles vous

vous trouvez et j'aurais tendance à être, moi, ce soir, prompt à me faire éjecter de n'importe quelle situation à la moindre brise. En ce moment elle est occupée par ses racines, elle est née sous X, mène une enquête pour retrouver son père et, je ne sais par quelle pirouette thématique, peut-être pour renvoyer loin d'eux la patate chaude de la maternité, la FIV et ce genre d'histoires, Jeanne saute sur l'occasion pour placer que j'ai perdu mon père quand j'étais enfant et je lui lance un regard de reproche discret mais ferme. Chloé s'engouffre dans la brèche et me mitraille de questions auxquelles, pour la plupart, je ne sais pas répondre (et pour tout dire, auxquelles je n'aurais aucune envie de répondre de toute façon), elle est éberluée quand je lui apprends que je ne sais pas de quoi mon père est mort parce que je n'ai jamais osé le demander à ma mère, ça lui semble à peine croyable, elle pense un instant que je la fais marcher. Je passe toujours pour une sorte d'autiste un peu inquiétant quand je fais cet aveu, aussi évité-je de le faire en temps normal, mais puisqu'elle me pose la question et que je suis trop épuisé pour mentir, voilà. Elle qui dépense une énergie folle à retrouver ses origines, qui n'en dort pas la nuit, qui ne trouvera le repos que lorsque sa quête aura pris fin, comment puis-je, moi qui détiens la vérité à portée de main, à portée de voix, ne pas oser le faire, *Tu te rends pas compte de la chance que tu as encore, c'est*, je cite, *un beau gâchis.*

Puis elle plante ses yeux verts dans les miens et m'ordonne : *Tu dois demander à ta mère, tu dois le faire, tu sais ce que tu vas faire, tu vas sortir ton téléphone, là, devant nous, tu vas appeler ta maman et tu vas lui demander de quoi ton père est mort, tu vas te délester de ce poids, tu vas voir, ça va te faire un bien fou, tu vas te sentir libéré de tout un tas de choses en une minute.* Cette fille est malade.

Mais oui, bien sûr, je vais appeler ma mère, là, en pleine Soirée Fiesta, pendant que Véronique et Davina chantent *Melissa* de Julien Clerc, pour lui demander de quoi mon père est mort, évidemment, comment n'y avais-je pas songé. *Tu as peur de quoi ?* Je n'ai pas peur. Elle me regarde un instant, ses lèvres trempées dans son mojito, et finit par me dire *Ton père te parle tu sais ?* Silence. *Il essaie de communiquer avec toi mais tu refuses de l'entendre. T'arrive-t-il d'avoir des douleurs à l'avant-bras ?* Je dis *Non j'ai les oreilles bouchées*, comme si ça avait un quelconque rapport, elle répond *Ben voilà, tu dois être réceptif à tous ces signes, ton père essaie d'entrer en communication avec toi, il bouche tes oreilles pour que tu coupes avec l'extérieur et l'écoutes lui un instant, écoute-le, je t'en supplie, écoute-le, ne le laisse pas crier dans le vide, c'est dur pour lui tu sais* et j'ai envie d'une autre bière, et les deux dames commencent à chanter *Sous les sunlights des tropiques.*

Par un hasard malheureux, il n'y avait plus d'autres places disponibles quand nous sommes arrivés, nous

nous sommes assis à la première table devant elles, et ma politesse maladive m'oblige à montrer ostensiblement que je les écoute et apprécie leur prestation en oscillant légèrement de la tête au rythme de la musique quand les autres gens sur la terrasse font comme si elles n'existaient pas et se contentent d'applaudir mollement après chaque chanson. L'une d'elles, la brune (la brune c'est Véronique ou Davina ? Je les confonds toujours), finit par me remarquer et me regarde de manière de plus en plus appuyée, elle sourit dans ma direction quand elle chante, comme un professeur qui arrive à capter le regard du seul élève attentif de la classe et ne le lâche plus, se raccrochant à lui comme à une bouée en pleine mer. J'ai l'impression qu'elle ne chante que pour moi, je suis mal à l'aise, et voilà que me reprend le syndrome du volontaire, elle va m'appeler, elle va venir me chercher à ma table, me prendre par la main, je vais devoir me lever et aller chanter, chanter *Sous les sunlights des tropiques*, leurs voix à elles seront en harmonie et la mienne va débarquer au milieu comme un SDF à un vernissage et elles vont m'inviter à me déhancher avec elles, un déhanchement de Soirée Fiesta, arborant un sourire de Soirée Fiesta, alors que j'ai la tête à tout sauf à obéir à des codes de Soirée Fiesta.

Je me concentre sur la discussion que j'avais un peu lâchée, Chloé parle de microbiote intestinal et visiblement les enfants nés par césarienne ont beaucoup moins de défenses immunitaires que les autres (Jeanne et Florent sont maudits, Chloé ne semble pas vouloir abandonner le thème de la maternité). Il existe, pour compenser cette lacune, des méthodes très efficaces mais trop peu appliquées pour des raisons, selon elle, de tabou typiquement occidental : dans certains établissements, on frotte le bébé tout juste né par césarienne contre le vagin de la mère pour l'enduire de sécrétions bourrées de bactéries et d'anticorps, et je m'attends à tout moment à ce que Jeanne sorte son *Ah ben comme toi !*

À ce stade je trouve que Chloé parle beaucoup trop fort, et cette sensation est décuplée quand elle se lance dans une histoire de transplantation fécale, car les gens dont le microbiote intestinal est déficient peuvent subir une greffe, oui oui, une greffe d'excréments, se faire introduire de la matière fécale venue d'ailleurs, qui elle est bien pourvue en bactéries, et elle a fini par capter l'attention des touristes à côté, nos regards se croisent accidentellement, comme si c'était moi qui disais ça, ou comme si c'était moi qu'on transplantait fécalement, et j'ai envie de leur dire non non mon microbiote à moi va très bien, je ne connais pas cette fille, je vous promets, il y a une heure je ne savais même pas qu'elle existait et j'essaie de faire comme si nous n'étions pas ensemble mais ça reste assez peu crédible étant donné que nous sommes assis à la même table. Les mots-clés résonnent encore plus fort que les autres, j'ai l'impression que ceux-là spécifiquement passent dans le micro de Davina à quelques mètres de nous, Vagin Sécrétion Excrément semblent envahir la terrasse entière, et peut-être les gens vont-ils se mettre à taper dans leurs mains au rythme de ces mots.

Quand elle finit par me demander *Et toi tu fais quoi ?* je suis soulagé, soulagé qu'elle change enfin de sujet, je n'ai aucune envie de me retrouver au centre de la conversation, mais je préfère ça à ses histoires de sécrétions vaginales. *En ce moment j'écris un roman sur la guerre d'Espagne, ça s'appelle* Sol y sangre, *c'est l'histoire de mes grands-parents, comment ils ont fui le franquisme pour venir en France, leur intégration, tout ça. — Ah tu vois que tes racines te travaillent, tu devrais appeler ta mère, appelle ta mère*, et finalement je me demande si je ne préférais pas le microbiote. Véronique et Davina enchaînent sur une chanson d'Ottawan et je bouge la tête comme si ma vie en dépendait, comme si bouger la tête me dédouanait de tout, me dispensait de participer à la conversation parce que j'étais trop occupé à savourer la musique.

Alan Cuartero, parlez-nous un peu de ce roman, l'histoire poignante de cette mère vivant dans une favela du Brésil obligée de prostituer son fils de neuf ans pour avoir les moyens d'aller faire une transplantation fécale en Suisse. — Écoutez, Claire, tout ça est venu après mon séjour à Calais.

Il y en a quatre. Il y a quatre notonectes. Je suis abasourdi. D'où peuvent bien venir ces trois notonectes de plus ? En quoi peut bien consister le mode de reproduction de la notonecte pour qu'une seule et unique notonecte donne lieu à trois autres, comme ça, hop ? Est-ce qu'elle se duplique ? Ou bien les notonectes arrivent-elles d'ailleurs par une sorte de mystérieuse panspermie ? De manière un peu bêtement sentimentale, je me sens triste de ne pouvoir distinguer Octave de ses congénères – force est d'avouer que rien ne ressemble plus à une notonecte qu'une autre notonecte. Je plonge ma main dans l'eau dans l'espoir qu'Octave reconnaîtra son maître mais toutes accueillent mon geste avec une profonde indifférence. Cependant autre chose me chiffonne bien plus que la présence de trois nouvelles notonectes : l'eau me semble trouble. Elle est d'une blancheur un peu laiteuse. Je me dis qu'il s'agit peut-être d'une illusion d'optique, un effet de lumière. Mon téléphone sonne, c'est Jeanne, pour ce qui s'avère devenir un rituel : alors, qu'est-ce que j'ai pensé de Chloé ? C'est toujours Jeanne qui m'appelle et non Florent. Peut-être parce que c'est elle l'organisatrice non seulement de ma réinsertion affective mais de leur vie à tous les deux de manière générale, lui se contentant de suivre et acquiescer, non pas en suiveur résigné, plutôt une soumission volontaire et joyeuse, le lâcher-prise de celui qui est à l'arrière du tandem et qui trouve plus confortable de ne pas diriger, pédaler lui suffit amplement. Quand, on ne sait par quel bouleversement cosmologique, Florent se risque à prendre une décision par lui-même, il se tourne immédiatement vers Jeanne pour lui demander validation, comme s'il s'était aventuré bien trop loin dans la forêt sombre et hostile des responsabilités, *Hein, 17 heures, Jeanne, ça va 17 heures ?*

Quand je lui dis *Non mais Jeanne, tu vas pas me présenter toutes les filles que tu connais*, elle me répond *Alan, profite de l'été, c'est l'occasion ou jamais, la chaleur, les hormones qui ouvrent aux autres, l'été propice au rapprochement des corps, en automne-hiver tout le monde va reprendre le rythme, rentrer chez soi, retourner dans sa coquille, on est beaucoup moins avenant l'hiver que l'été et ça va devenir beaucoup plus compliqué de rencontrer des gens*, oui sauf que moi je n'ai envie de rencontrer personne, mais je crois que ça elle ne l'a pas bien compris. En un sens, je dois reconnaître un point positif à cette rupture : si Lisa m'avait quitté avant l'automne, Jeanne et Florent m'auraient convié à une rafale de soirées raclette, on a échappé au pire. Je me situe dans cette tranche d'âge où les gens autour de moi sont obnubilés par l'idée de faire des soirées raclette, à un moment ou un autre finit toujours par émerger cette phrase, *Ce serait sympa une soirée raclette non ?* et ces mots sonnent comme un cri de ralliement, résonnent comme un slogan, soudain ils mettent tout le monde en joie, une soirée raclette, c'est merveilleux. Des années durant, on s'invite à des apéros et puis un jour, on n'a rien vu venir : soirée raclette. À quel moment de la vie bascule-t-on au stade soirée raclette ? Rien ne marque mieux et de manière plus déprimante le passage à l'âge adulte. Lisa adorait les soirées raclette, voilà, ça ne pouvait pas coller entre nous, nous étions trop différents, je n'ai qu'à me dire ça.

Je finis par concéder que, oui, Chloé est quelqu'un de chouette, un peu allumée mais chouette. Jeanne ne lâche pas le morceau, *Tu avais déjà dit ça de Mylène, chouette, on dirait que tu ne connais qu'un seul adjectif, mais laquelle est la plus chouette ? Mylène ou Chloé ?* et je perçois une intonation espiègle dans sa voix. J'ai l'impression de me trouver dans un jeu de téléréalité où je dois choisir entre plusieurs prétendantes. Chloé, je te mets 6, la transplantation fécale lors d'un premier rendez-vous, on est sur une proposition audacieuse mais risquée, quant à toi Mylène, je te mets 6 aussi car tu as fait preuve d'un manque de discernement quant au choix de la sortie culturelle, le butô ça passe ou ça casse, je suis désolé. Hier soir, quand nous nous sommes quittés à la terrasse du Belleville, Chloé était très chaleureuse, légèrement éméchée me semblait-il, et m'a gratifié d'une bise appuyée, accompagnée d'un clin d'œil et d'un *N'oublie pas ce que tu dois faire hein ?* pendant que Véronique et Davina chantaient *La chunga* et je regarde l'eau laiteuse de la piscine en essayant de me persuader que c'est un effet de lumière.

Un homme se retrouve coincé dans une soirée raclette qui dure plusieurs jours sans que personne ne songe à l'écourter car tout le monde semble s'amuser. Le personnage principal déteste le fromage mais il n'a osé l'avouer à personne, il va donc devoir pendant des jours duper son entourage, faire croire en permanence que l'une des coupelles qui sont en train de chauffer lui appartient et qu'il mange régulièrement, peut-il tenir ? À quel moment l'un des invités va-t-il s'apercevoir que le personnage ne possède aucune coupelle attitrée et qu'il simule depuis des jours ? Un huis clos psychologique angoissant, un roman sur la solitude, la tolérance, le regard de l'autre et la résilience. (Références : L'enfer c'est les autres – *Sartre,* Seul sur Mars.*)*

Je vois bien que le type de Bricomarché ne me prend pas au sérieux, le genre de type qui vous parle en regardant ailleurs, car tout ailleurs semble plus important qu'ici, et quand il vous regarde c'est dans le front, comme Depardieu regarde Pierre Richard dans *La chèvre* et *Les compères*, et rien n'exprime mieux le mépris qu'un regard dans le front. Il a vu d'un simple coup d'œil qu'il avait affaire à un novice, c'est écrit sur mon front (et c'est peut-être la raison pour laquelle il le regarde) : je ne suis pas bricoleur, je ne suis pas Bricomarché, il sent très bien qu'il va perdre son temps avec moi, que ça ne va pas être intéressant, que ça va être laborieux, qu'il va falloir reprendre les bases, comme si un universitaire en lettres spécialiste de Ronsard, appelons-le Paul, devait apprendre à lire à des CP. Et son attitude transpire le racisme social, dans chacun de ses mots, de ses regards au loin, ce mépris de classe qui s'applique indifféremment du haut vers le bas et du bas vers le haut, je ne suis pas manuel, je suis un putain d'intellectuel, ça se voit, j'ai les mains trop propres, pas assez marquées, sans la moindre corne, si ça se trouve je suis un Parisien en vacances dans sa résidence secondaire, la totale.

Vous avez vérifié le pH ? demande-t-il à mon front. *— Le pH, c'est-à-dire ? — Bah ça sert à rien de mettre du chlore si le pH n'est pas bon, le chlore ne fait pas effet, votre pH doit être compris entre 7,2 et 7,4.* Ah. Et toujours son mépris, et si je faisais une tête de plus, je le fixerais droit dans les yeux et je lui dirais comme ça : Houla houla houla mon gars, tu vas changer de ton avec moi, déjà tu vas me regarder dans les yeux quand tu me parles et tu vas m'abandonner très vite ce petit air si tu veux pas que je t'en colle une devant tous tes petits camarades et en réalité je lui dis *Ah bon mais ça se mesure comment le pH ?* et son mépris décuplé, il a envie de vomir, comment quelqu'un qui ne sait pas mesurer le pH ose-t-il venir lui adresser la parole, comment même peut-il avoir eu le droit de naître ? Parfois pour aimer les gens j'essaie de les imaginer enfants, des grands yeux, des grands cils, encore tout nimbés d'innocence immaculée, jouant silencieusement sur des marches d'escaliers avec des Playmobil ou des Barbie, se créant tout un univers pour fuir l'agressivité du monde extérieur, je tente de provoquer chez moi une bienveillance auto-immune, d'aller la chercher au plus profond de mon ventre puisqu'elle ne m'apparaît pas naturellement. Mais là ça ne suffit pas, je ne parviens à travers ce type qu'à visualiser un enfant qui étranglait ses camarades, sans la moindre compassion, sans le moindre brin d'humanité – voilà ce que Léo va devenir, fixeur de fronts à Bricomarché.

Un de mes fantasmes serait d'avoir à disposition un groupe de voyous des pays de l'Est (pourquoi des pays de l'Est, aucune idée, on baigne dans le cliché jusqu'au cou), des espèces de mafieux fiables et discrets à qui je pourrais, d'un simple coup de fil ou texto, confier des missions. Un voisin un peu trop bruyant dans le train, quelqu'un qui consulte ses messages au cinéma pendant le film ou mange des barres chocolatées, hop un coup de fil à Goran et ses cousins, ils viendraient en personne ou enverraient aussitôt un petit groupe attendre le fâcheux à la descente du train ou à la sortie du cinéma (ils posséderaient des filières un peu partout en France, dans chaque ville) pour l'asticoter un peu en lui précisant bien la raison de leur présence afin que l'intervention soit un minimum constructive et pédagogique. Ça n'irait pas jusqu'au meurtre, bien sûr – encore que, à soupeser, il pourrait s'agir d'une option en cas d'extrême limite. Ce serait la moindre des choses, dans une société de plus en plus décadente, que ce genre de services existe. Idée de nom de société : *Robin Déboires*. À ajouter à la liste des concepts à creuser – voire déposer – après le club de mise en forme.

Alors non, je ne sais pas à combien doit se situer le pH de l'eau de la piscine pour que l'effet du chlore soit optimal mais vois-tu, quand tu vas rentrer chez toi tout à l'heure, après ta journée de labeur, tu auras la bonne surprise de croiser Baltok (un des cousins de Goran) et Baltok va t'attraper par le col pendant que Goran va s'approcher de toi d'un pas légèrement félin et il te dira Gaaadjo, tu t'es cru où ? Tu as cru quoi ? Qu'on pouvait mépriser les gens comme ça ? Qu'on pouvait leur parler de pH sans les regarder dans les yeux ? Sans leur sourire ? Sans un minimum de civilité ? Gaaaaadjo, et l'éducation ? Tu crois qu'elle serait contente ta pauvre mère si elle te voyait ? Tu crois qu'elle serait fière ? Gaaadjo, la maaama elle s'est saignée aux quatre veines pour t'inculquer un minimum d'éducation et toi tu regardes les fronts ? Puis il lui casserait deux doigts – et ses petits-enfants, trente ans plus tard, le supplieraient, Allez papé raconte-nous encore l'histoire quand le Roumain t'a humilié comme une merde.

Un grand pianiste classique contracte un staphylocoque doré en subissant une simple intervention de la thyroïde, la bactérie se propage, on est obligé de l'amputer des deux avant-bras. Abattu et désespéré, sa vie n'ayant plus aucun sens, il tente de mettre fin à ses jours, il est sauvé in extremis par une jeune infirmière qui va lui redonner la force de se battre. Il développe alors une nouvelle technique pour jouer avec les coudes et après des mois et des mois de travail acharné, suant sang et eau, il réussit à remonter sur scène et connaît un immense succès. Un grand livre sur l'abnégation, le courage, la force de vivre et la résilience. Titre : La symphonie des irradiés. *(Références : les deux doigts de la main gauche de Django Reinhardt – Ce cul-de-jatte qui traverse l'océan à la nage – Vidéo de cet éléphant qui peint avec sa trompe),* et sur ce dernier point, je ne vois pas bien le lien avec mon sujet. Il arrive que, dans un état second, appelons ça une inspiration divine, on se mette à noter des choses qui nous échappent une fois notre corps réintégré, comme ces rêves dans lesquels naît une idée de génie qui au réveil s'avère complètement inepte. Quoi qu'il en soit je garde cette piste et mon dossier *Roman sérieux* s'enrichit de possibilités diverses qui me serviront bien à un moment ou un autre mais pour l'instant, *Sol y sangre*, un *roman puissant sur l'intégration dont on ne ressort pas indemne* (*Télérama*). À ce propos, mon éditrice ne m'a toujours pas répondu. Pour autant, je ne suis pas inquiet, en été les échanges sont toujours un peu plus longs, et peut-être a-t-elle pris quelques jours de vacances.

Quand mon premier roman a paru, elle a réussi à me faire inviter dans quelques festivals, certes pas prestigieux mais qui me permettaient enfin de me sentir concrètement écrivain. Subitement tout ça devenait incarné, palpable, même si la plupart des festivals étaient des salons au rabais et même si chaque fois je peinais à dédicacer plus de dix livres. Durant l'un d'eux, je me suis retrouvé assis à côté d'un type d'une soixantaine d'années qui avait écrit un livre sur la bête du Gévaudan. Lorsque quelqu'un s'approchait de ma table, il l'interpellait d'une voix tonitruante pour lui dire à quel point mon livre était formidable (alors qu'il ne l'avait pas lu), comme un camelot, j'étais mort de honte alors que le type voulait bien faire. Il finissait par faire fuir les curieux, n'oubliant pas de les accrocher au passage d'un *Avez-vous entendu parler de la bête du Gévaudan ?* Lors de la pause déjeuner, j'étais coincé à table entre lui et un autre type qui avait écrit lui aussi un livre sur la bête du Gévaudan – le festival avait lieu dans la région du Gévaudan, d'où la redondance du thème. Tout naturellement, ce sujet s'est retrouvé au centre de leur conversation et si, au début, le ton était plutôt courtois et bon enfant, il s'est peu à peu durci jusqu'à devenir franchement belliqueux, et j'étais là, assis entre les deux, tentant de faire comme si de rien n'était. Visiblement ils n'étaient pas d'accord sur un détail, une histoire de dates et de témoignages divergents, et peu à peu, chauffés par le vin et le soleil, le débat s'est envenimé et ils ont failli en venir aux mains, moi au milieu, le nez de plus en plus plongé dans mon assiette, j'aurais fusionné avec elle si j'avais pu. Ce n'est pas exactement le genre de scènes de festival que j'avais fantasmées, moi qui m'étais imaginé entouré de grands noms de la littérature, buvant leurs anecdotes faites de ragots sur les coulisses du Goncourt, d'indiscrétions sur les subtils jeux d'influences, goûtant leurs histoires ponctuées de mots d'esprit tout en nuances, je me retrouvais entre deux types rougeauds qui s'insultaient en occitan.

Mon éditrice m'a aussi dégoté, *Tiens-toi bien* m'a-t-elle prévenu comme si elle allait m'annoncer monts et merveilles, une dédicace au Leclerc près de chez moi, *Leclerc c'est une visibilité incroyable, les grandes surfaces c'est l'opportunité de toucher un public qui ne va pas naturellement vers le livre et tu imagines le nombre de personnes qui vont voir ton livre en une après-midi*, non je n'imaginais pas. Et je me suis retrouvé là, assis derrière une petite table, à l'entrée, un grand bac de pastèques dans mon dos, de sorte que les clients, juste après avoir passé le portique, se retrouvaient face à moi et ne savaient très bien que faire de cette situation (moi non plus cela dit). Alors, mus par un réflexe naturel de défiance, ils choisissaient de m'éviter, n'osant pas s'approcher de la table, cette même appréhension qui nous interdit de nous approcher trop près d'une carte de menu affichée en terrasse de peur de se voir happé par le garçon et de se trouver au pied du mur. Le flux des clients, vu d'en haut, devait décrire une vague plutôt harmonieuse et hypnotique, comme ces expériences de limaille de fer aimantée ou ces bancs de maquereaux contournant un récif, et ma première pensée, totalement déplacée, à la vue de ce ballet a été : pauvre producteur de pastèques. À cause de moi, pas une pastèque ne serait vendue aujourd'hui. Faute d'être un auteur à succès, je faisais un épouvantail formidable. Je ressentais pour la première fois de ma vie ce que pouvaient ressentir les mendiants dans la rue : je me retrouvais là par obligation, à devoir affronter au mieux des regards gênés qui semblaient dire *Ah c'est bête je n'ai plus de monnaie*, au pire pas de regard du tout, une armée de crânes pivotant à 90° à une vitesse vertigineuse. Je me fabriquais alors une contenance, écrivant dans un cahier, l'air pénétré, comme si être là, ici et maintenant, était somme toute accessoire, certes il fallait en passer par là pour faire plaisir à l'éditeur, vous savez ce que c'est, mais en réalité je n'en avais pas vraiment besoin. Aussi profitais-je de ce temps suspendu pour œuvrer activement à la suite de mon livre et noircissais mes pages d'épileptiques *Putain mais qu'est-ce que je fous là ?* version Leclerc de Nicholson dans *Shining*.

En deux heures de dédicace, les seuls à s'être approchés de ma table et à m'avoir adressé la parole étaient des gens qui me prenaient pour une sorte d'accueil annexe du magasin, pour la plupart des personnes âgées qui venaient me demander des renseignements, où se trouvait le papier cadeau, les lacets, ou un jeton pour leur caddie. Il était chaque fois fastidieux de leur expliquer que, non, je ne travaillais pas ici, s'ensuivait un silence d'incompréhension, *Ben alors vous faites quoi ici ?* Quand la sixième petite dame est venue m'aborder pour me demander où se trouvaient les cotons-tiges, j'ai décidé de l'accompagner, il est parfois moins compliqué d'entretenir un malentendu que de tenter de rétablir une vérité. Nous avons donc arpenté les rayons à la recherche des cotons-tiges, et avons fini par les trouver au bout d'un temps interminable. Arrivés là, une autre dame, profitant de ma présence, m'a demandé un renseignement à propos d'une teinture, la différence entre deux nuances de châtain, le marron profond et le marron chocolat glacé de chez L'Oréal, et nous avons essayé de percevoir la différence ensemble et je me voyais déjà passer ma journée dans les rayons à renseigner les clients, m'intégrant peu à peu au paysage, voletant d'une personne à l'autre. Puis un collègue m'appellerait pour l'aider à décharger une palette, on irait mettre tout ça en rayons, de fil en aiguille, n'osant à aucun moment remettre en question ma fonction de nouveau manutentionnaire, je m'appliquerais à effectuer consciencieusement toutes les tâches qu'on m'imposerait, je finirais ma journée en caisse, puis je partirais, le soir, fourbu, et mes collègues me diraient *Salut Alan à demain*.

Sol y sangre, je dois revenir à ça, mes grands-parents, le fascisme rampant, écrasant tout sur son passage, peut-être faire un lien furtif avec *Guernica* que Lisa et moi avons vu ensemble à Madrid au musée Reina Sofía, mais sans m'appesantir, une image subliminale qui viendrait imprimer sa rétine une fraction de seconde mais suffirait à l'explosion de mille souvenirs mille sensations mille regrets. Et puis la vie de mes grands-parents en France, m'en faire le témoin vivant, les Espagnols dans cette France provinciale des années 70, mon papé qui m'emmenait boire mon diabolo menthe au bar, et lui son petit ballon de rouge, au comptoir, dans le coin des Espagnols qui racontaient toujours les mêmes histoires, un peu ostracisés, mais acceptés, contrairement aux Algériens et aux Marocains qui eux devaient raser les murs dans cette France gentiment raciste de l'époque, Et si j'avais vu mon grand-père baisser la tête à ce point, qui sait, Claire, qui sait si je n'aurais pas eu envie moi aussi de tout brûler cramer détruire, si je n'aurais pas eu envie de réussite matérielle ostensible et tapageuse, de clamer haut et fort *Ça c'est pour ce que mon grand-père a dû subir*, et voyez-vous, Claire, il m'arrive parfois, dans la rue, de m'asseoir l'air de rien près de vieux Algériens qui discutent sur un banc, faire le plein de poésie burinée, de mots déracinés, quand bien même je ne les comprends pas, cette petite musique gorgée de soleil, comme il ne reste plus d'immigrés espagnols pour me rassasier, c'est chez eux que je la retrouve, en eux que je revois mon papé, sur son fauteuil pliant, le soir devant sa porte, silencieux, sa Gauloise sans filtre entre ses doigts survivants, le regard perdu vers des terres lointaines, vers un temps révolu et je ne rêve pas, l'eau est encore plus blanche, comme si on y avait déversé une citerne de lait – ou si des acteurs de butô venaient de s'y baigner.

Je parviens à peine à distinguer les notonectes dont, me semble-t-il, le nombre a doublé. En Colombie, le narcotrafiquant Pablo Escobar avait importé un couple d'hippopotames pour le zoo privé de son ranch. À sa mort en 1993, les hippopotames ont été abandonnés et ont continué de se reproduire jusqu'à atteindre le nombre de quatre-vingts, la plus grande colonie d'hippopotames en dehors de l'Afrique. Le gouvernement colombien, pour enrayer cette prolifération anarchique, a été contraint de stériliser vingt-quatre individus sur les quatre-vingts et je ne sais pas pourquoi cette histoire me revient maintenant, d'autant que je n'ai pas la moindre idée de comment se stérilise une notonecte.

Et si je ne m'étais pas assez battu ? Si je ne l'avais pas assez retenue ? Même si tout était déjà écrit, il y a de la beauté, de la noblesse, du romantisme à se jeter dans un combat perdu d'avance, lui montrer que j'étais capable de me battre, que je n'étais pas le résigné qu'elle croyait – et que j'étais en réalité. Au collège, tous les quatrième et troisième étions allés voir *Manon des sources* au cinéma. À un moment donné, Ugolin se coud sur la poitrine, à même la peau, un morceau de tissu appartenant à Manon, qui à ses yeux la symbolise. Ce faisant il pleure et pleure et pleure, et moi aussi je pleurais devant cette scène pendant que mes camarades rivalisaient de *beuuuurk* crescendo et grossiers, et ils riaient quand Ugolin arpentait la garrigue derrière Manon et lui criait *Je t'aime Manon, je t'aime d'amour !* et moi enfoncé dans mon siège je cachais mes larmes sous les monceaux de rires alentour, et si j'avais dû retenir

Lisa, comme ultime preuve d'amour, qu'est-ce que je me serais cousu, moi, sur la poitrine ? Quel vêtement symbolisait le mieux Lisa ? Ses Kickers, je n'ai jamais vu Lisa porter aux pieds autre chose que des Kickers, elle en avait une demi-douzaine de paires qui pour moi étaient absolument semblables mais qui, selon elle, ne l'étaient pas du tout, n'importe quoi moi, et je me visualise arpentant la garrigue en hurlant *Je t'aime Lisa, je t'aime d'amour !* torse nu, une Kickers cousue sur la poitrine.

Je vérifie le pH avec le petit appareil que m'a vendu BricoMan, il est à 7,3, pile dans la bonne fourchette, c'est à n'y rien comprendre. L'eau me semble plus opaque encore que ce matin, elle semble avoir encore blanchi, et les notonectes s'être encore multipliées. BricoMan m'a conseillé d'ajouter une galette de chlore, voire, si le processus était trop avancé, de procéder à un *chlore choc*. Il m'a vendu en plus de l'appareil à mesurer le pH un seau de chlore choc, et rien que les termes, *chlore choc*, m'ont paru d'une violence inouïe. Mes voisins sont en train de s'extasier devant l'Acropole sans se douter une seule seconde qu'à deux mille cinq cents kilomètres de leur bonheur insouciant se trame un chlore choc. Mais ils n'en sauront rien, le jour J, celui de leur retour, l'eau sera aussi limpide qu'au moment de leur départ et qu'importe le trajet que j'aurai emprunté pour y parvenir. Je ne dois pas me laisser perturber par cette histoire de piscine, j'ai un roman à écrire, *Sol y sangre*, je dois garder le cap, m'immerger dans mon histoire et n'en sortir qu'en cas d'extrême nécessité.

Un roman sur la guerre d'Espagne, le thème était prometteur, hélas, trois fois hélas, Cuartero est complètement passé à côté de son sujet… C'est peu dire que le lecteur reste sur sa faim : on aurait aimé que le récit soit plus fouillé, plus approfondi, mais l'auteur se contente de survoler son texte, comme absent à lui-même et à sa prose, comme s'il avait la tête ailleurs, préoccupé par tout autre chose que son roman, comme si on lui avait confié une piscine à entretenir et que l'eau était devenue laiteuse alors que le pH était pourtant bien à 7,3. Les Inrockuptibles.

Nous sommes attablés, la maman de Marc et moi, elle nous a fait du thé, elle a sorti les albums photo qu'elle a posés sur la table et je pressens que l'après-midi va être longue. Elle m'a accueilli sur le pas de la porte, me prenant dans ses bras, et j'ai été submergé par une émotion à laquelle je ne m'attendais pas, comme englouti en une seule étreinte par le tsunami de mes années passées. Je ne l'avais pas revue depuis la crémation, et la retrouver ici, dans sa maison de toujours, la maison d'enfance de Marc et donc un peu la mienne, m'a mis un coup. C'est fou comme les maisons des parents ne changent pas, immuables musées traversant les siècles, conservatoires du paradis perdu, les mêmes assiettes décorées sur le meuble, les mêmes meubles, les mêmes nappes, les mêmes tableaux de chalets suisses de boîtes de chocolats au mur, ou peut-être est-ce mon souvenir qui déforme, peut-être est-ce une partie de moi qui veut que rien n'ait changé.

Elle passe les photos une à une, posant son index ici et là, un sourire triste sur le visage, *Et là tu te souviens ?* Elle répète ça à chaque photo, et moi, hochant la tête dans des *mh* émus, parfois simulés, parfois pas. Elle mélange un peu les époques, sur certaines photos, elle me montre l'équipe de rugby dans laquelle il jouait sans savoir qu'à ce moment-là j'étais déjà parti, j'étais à la fac, Marc et moi nous voyions alors assez peu, mais peu importe, je fais comme si, oui oui, bien sûr, l'équipe de rugby. Je reconnais certains de ces types sur la photo, des visages que j'ai croisés, en un peu plus vieux et plus marqués, le jour de la crémation. Je suis arrivé seul et me suis retrouvé assis un peu au hasard au milieu d'un groupe que je ne connaissais pas, eux donc. Pendant le discours de la sœur de Marc, très émouvant, alors que mes pensées opéraient des allers-retours mélancoliques entre présent et passé, tout à coup les types autour de moi se sont levés, et, sans savoir pourquoi, je me suis levé machinalement avec eux, croyant qu'il s'agissait d'un rituel de la cérémonie. Je les ai suivis, dans un état de semi-conscience, les ai vus se diriger vers le pupitre près du cercueil et me suis vu leur emboîter le pas, incapable de faire demi-tour, comme un somnambule qui se réveillerait en pleine chute. Je me suis donc retrouvé, complètement paniqué, debout face à l'assistance, au milieu d'une dizaine de types que je ne connaissais pas, éberlué par ma propre présence ici, et ils se sont mis à chanter, une chanson que je ne connaissais pas non plus, et, surpris, j'ai sursauté à la première note, puis, comme Chirac en 1998 à l'énonciation des noms des joueurs de l'équipe de France, j'ai mimé les paroles, remuant les lèvres au hasard, tentant de retomber sur mes pattes à la fin de chaque phrase, toujours un peu trop tard, toujours un peu trop mal, espérant que personne ne se demande ce que je faisais là, misant sur le fait que ce n'est pas le genre de préoccupations qu'ont les gens dans la douleur un jour de crémation. Les rugbymen en revanche ont bien dû s'étonner de ma présence parmi eux mais n'en ont rien manifesté, bel esprit sportif, preuve s'il en fallait de la belle mentalité régnant dans le monde du ballon ovale. S'il s'était agi d'une équipe de foot, nul doute qu'ils auraient demandé à parler à un arbitre dans la salle, ou bien l'un d'eux, en pleine chanson, m'aurait appliqué un tacle vicieux par-derrière.

La maman de Marc tient à me donner une photo, elle me dit *Tiens, choisis celle que tu veux, ça te fera un souvenir.* Je suis touché par son geste et, passé le bref moment de flottement pendant lequel je me demande si je dois accepter son cadeau, mon choix se porte instantanément sur cette photo : Marc et moi déguisés en détectives. Encore que *déguisés* soit un bien grand mot, nous sommes mains sur les hanches, gilet ouvert, un revolver en plastique dépassant de notre pantalon, l'air mystérieux, sortes de Starsky et Hutch de province, investis tous les samedis après-midi de missions plus périlleuses et haletantes les unes que les autres, arpentant les bords du canal, entre fusillades sanglantes et combats d'arts martiaux. Il était presque toujours question d'un microfilm à récupérer, c'étaient les années 80, il ne se passait pas un seul film de flics sans microfilm, j'étais John Steel et lui Mike Houston (c'est moi qui avais trouvé les noms, ils me semblaient sonner suffisamment américains pour être porteurs de mille promesses d'aventures). Tout dans cette photo transpire le bonheur sans aspérités, rien qu'en la regardant je peux sentir l'odeur des herbes coupées, de l'eau du canal, la douceur de septembre, le parfum de l'insouciance et du temps suspendu, et que deviennent nos John Steel une fois congédiés, espèrent-ils silencieux dans un coin de nos ventres reprendre un jour du service ?

John Steel et le mystère de l'eau laiteuse, vous n'allez pas en croire vos yeux.

Mylène nous a invités, Jeanne, Florent et moi, à un vernissage et j'avais envie de tout sauf d'aller à un vernissage, je n'ai envie de voir personne, d'échanger avec personne, mais Jeanne a insisté et me voilà dans une grande salle entouré de gens, devant un tableau avec des fils en laine alors que je ferais mieux d'avancer *Sol y sangre*, Alan Cuartero, pourquoi un roman de douze pages ? C'est un peu court pour raconter l'exil des réfugiés républicains vous ne trouvez pas ? — Écoutez, Claire, j'ai été très pris, je devais aller voir des fils de laine sur des plaques de bois.

Il s'agit d'une expo collective à laquelle participe un de ses amis, elle tient à nous le présenter dès que nous arrivons, et la première chose qui me frappe quand je le vois c'est que le type est le sosie parfait de Laurent Broomhead, l'animateur d'un jeu télévisé dans les années 90, *Pyramide*, et pendant qu'il nous parle, j'ai juste envie de lui dire *En trois*. C'était le principe du jeu, il fallait faire deviner un mot en passant par d'autres mots et annoncer le nombre de briques, donc de mots, qu'on s'autorisait pour faire deviner le mot mystère. J'ai dû mettre un mois à comprendre les règles de ce jeu mais, même durant la période où je ne comprenais rien, j'étais subjugué, un peu comme devant un film de David Lynch ou une toile de Basquiat, on n'est pas obligé de comprendre pour être fasciné, ça ne m'étonne pas que Laurent Broomhead se soit lancé dans l'art contemporain, le parcours est cohérent. Détail troublant : le type s'appelle Laurent ! Je suis presque sûr de moi, c'est lui, c'est Laurent Broomhead. Mais un rapide calcul suffit à calmer mes ardeurs : il est le sosie parfait de Laurent Broomhead il y a vingt-cinq ans, ça ne peut donc être lui. Le sujet est clos, bien qu'il subsiste encore en moi un goût de mystère pas totalement élucidé et je brûle d'envie de lui demander, le plus simplement du monde, pour en finir une bonne fois pour toutes avec cette histoire, *Vous êtes Laurent Broomhead ?* Et je plains cet artiste qui, chaque fois qu'il expose sa démarche, sa conception, ses partis pris chromatiques, ses choix de matière, se trouve irrémédiablement face à un interlocuteur en train de se dire *C'est Laurent Broomhead non ?*

Nous le suivons jusqu'à son espace dédié, là il nous présente ses œuvres, pour la plupart des installations, dont une occupe à elle seule toute une pièce. Un énorme globe jaune suspendu au plafond par un fil, entouré de huit caddies de supermarché suspendus eux aussi. Je jette un œil discret à la petite affichette sur le mur qui présente l'œuvre, *Système solaire* – Laurent Bassetto, le mystère est donc résolu : ce n'est pas Laurent Broomhead, et je dois admettre que je suis déçu. Il s'agit, nous explique-t-il, d'une œuvre à prétention écologique et anticonsumériste, nous sommes en train de tuer notre planète, et ce faisant, comble du cynisme, nous étudions la possibilité de colonies sur Mars, comme pour anticiper un exil une fois que nos ressources sur Terre seront épuisées, puis nous referons la même chose sur Mars, et ainsi de suite, et jusqu'où va-t-on aller à ce rythme ? On considère les planètes comme de simples réservoirs de consommation, des hypermarchés à ciel ouvert, voilà le message. Nous arborons tous un air grave et concerné comme si un ours polaire était en train de mourir sous nos yeux. Nous sommes peut-être censés poser des questions mais la seule qui me vient et m'obsède est : *Vous les avez eus où les caddies ?* Je l'imagine, la nuit, aller sur le parking d'Intermarché pour piquer huit caddies, guettant autour de lui qu'aucun vigile ne l'ait repéré, mais j'ai conscience que ce n'est pas très *vernissage* comme question, je m'abstiens donc de la lui poser et nous continuons à regarder mourir l'ours quelques instants encore.

Puis nous déambulons tous les quatre, notre verre de vin blanc à la main (je déteste le vin blanc mais, pour une raison qui m'échappe, la bière est formellement interdite dans les vernissages, trop populaire probablement), ne sachant pas bien ce qu'il convient de faire : comment visiter une exposition en groupe ? On reste ensemble on ne reste pas ensemble ? On se parle on ne se parle pas ? On se donne notre avis on se contente de silences pénétrés et de validations tacites ? Les codes de l'expo en groupe sont encore plus impénétrables que ceux de l'apéritif dînatoire et nos trajectoires se recoupent et se croisent et se confondent dans une sorte de ballet informel et lent et il ne nous manque plus que de la peinture blanche sur le corps.

Mylène profite d'un moment où nous sommes tous les deux côte à côte devant une œuvre (Le mot NÉON écrit avec un néon) pour m'adresser la parole. *Au fait, Jeanne et Florent m'ont prêté ton roman, j'ai beaucoup aimé, j'ai trouvé ça très beau et profond, ça m'a un peu fait penser à* Juste la fin du monde *de Lagarce, tu connais ? Ou ce film de Desplechin,* Un conte de Noël, *il y a toute une réflexion sur les rapports familiaux que je trouve très pertinente.* Je reste un instant interdit, je ne sais que dire, je ne suis pas habitué à ce qu'on dise du bien de mon roman – et de moi de manière générale. Je suis en même temps touché et démuni. À cet instant précis je rêverais que, par je ne sais quel miracle, Lisa entende ces mots, tout ce que vient de dire Mylène du début à la fin, un cameraman d'une chaîne régionale venu couvrir le vernissage qui serait là, derrière, et qui volerait le monologue de Mylène comme un fond sonore et ce soir aux informations régionales, Lisa tomberait par hasard là-dessus, Mais oui, cette fille a raison, c'est vrai que c'est beau, c'est vrai qu'il y a un petit côté Lagarce dans son travail, et c'est quoi ces regards qu'elle lui lance ? Je rêve ou elle le drague cette pute ? Beau, profond, très pertinent, prends-en de la graine, Lisa, tu vois, on n'est pas obligé d'aborder les proses comparées de Ronsard et Baïf pour être beau, pertinent et profond, ça t'en bouche un coin hein ? J'hésite même un instant à composer discrètement son numéro, simuler un appel de poche, mon portable qui l'aurait appelée par erreur, et elle entendrait tout en direct, mais c'est logistiquement compliqué – et accessoirement ça implique que je demande à Mylène de répéter tout ce qu'elle vient de dire, au mot près, ce qui pourrait jeter un trouble sur ma modestie, voire sur ma santé mentale.

Je la remercie en bafouillant un peu, elle me sauve de ma gêne en me demandant si je suis sur autre chose, et je saisis la perche, oui, un roman sur la guerre d'Espagne, mes grands-parents, les ravages du franquisme et elle fait le lien avec un spectacle sur la Retirada qu'il faut absolument que je voie si le sujet m'intéresse, une performance autour de la vie dans le camp d'Argelès qui mêle échange épistolaire et danse contemporaine, c'est beau et tragique, et je ne peux m'empêcher de visualiser des réfugiés espagnols nus et peints en blanc en train d'exécuter des chorégraphies très lentes pendant qu'une voix off lit dans un débit précipité des lettres en catalan non sous-titré.

Le jour de la crémation se trouvait dans l'assistance une fille qui me disait vaguement quelque chose et il m'a fallu un moment pour la reconnaître : c'était Christel, le premier grand amour de Marc quand il avait dix-sept ans. Ils étaient restés environ huit mois ensemble, je m'en souviens parfaitement car, à la même époque, je vivais moi aussi ma première grande histoire de cœur avec Cathy. Marc et moi étions en phase même dans nos amours – ou, plus probablement, l'un des deux se retrouvant sans l'autre, il s'était vu plus disponible pour vivre une histoire d'amour, voire s'était mis à la chercher pour ne pas rester seul et désœuvré. Nous étions à ce point en phase que nous avions été quittés à trois jours d'intervalle. Nous nous étions alors retrouvés, à nouveau ensemble à plein temps, comme avant, tels des soldats qui rentrent dans un foyer où plus rien ne subsiste, abîmés, hagards, des gueules cassées de l'amour, et nous avions traversé cet été-là buvant des bières et balayant tout de notre cynisme surpuissant comme ces souffleuses qui font voler les feuilles d'automne tombées sur le bitume.

Et donc Christel était là, avec quelques kilos de plus et une couleur de cheveux inédite, de ces couleurs qui n'existent que sur les cheveux de femmes quadragénaires de province, de ces teintes se situant dans une dimension parallèle entre le fuchsia et le grenat. Elle est venue dire quelques mots au pupitre puis a lancé une chanson que, disait-elle, *Marc aimait beaucoup et qui le représentait tout à fait*, avait alors retenti *Famille* de Jean-Jacques Goldman et je me suis posé la question : est-ce que Marc aurait validé ce choix ? Est-ce que, réellement, cette chanson le définissait ? Qui était-elle, elle, pour décider de LA chanson qui le définissait ? Alors qu'elle l'avait largué comme un vieux sac il y a vingt-cinq ans, et peut-être l'avait-elle fréquenté à nouveau entre-temps mais qu'importe, qui était-elle pour s'ériger en garante de la définition de Marc ? Si j'avais dû choisir une chanson qui le représentait, je n'aurais pas su, je n'aurais pas voulu surtout, trop de responsabilité, il faut savoir être humble face au souvenir. Affirmer le jour du grand départ *Voilà, je vous le dis, Marc c'était ça*, ferme, définitif, *Marc c'est ce morceau, point barre, c'est non négociable*, non, très peu pour moi. Il faudrait inscrire dans notre testament la bande originale de notre enterrement pour n'être pas trahi une seconde fois par notre premier amour. Mon morceau à moi serait, je crois, *La marelle*, ritournelle qu'enfant je fredonnais à longueur de journées sans même savoir ce que c'était ni d'où elle venait, mais elle est pour moi le symbole de mon enfance et on revient toujours à l'enfance, on y revient de plus en plus à mesure que le temps passe, et on n'en est jamais aussi près que le jour de notre mort.

Il faudrait que j'appelle ma mère, là, pour lui dire que ma chanson d'obsèques est *La marelle*, mais ce genre de coup de fil l'angoisserait au plus haut point, elle en conclurait aussitôt que je lui cache une maladie fulgurante. Et même si je le lui disais, j'aurais trop peur qu'avec sa mémoire défaillante elle note *La macarena* en lieu et place de *La marelle*, ou comment gâcher lamentablement sur un mot mal écrit une crémation qui aurait dû être un sommet d'émotion. À une époque, à la question Préfères-tu mourir de longue maladie annoncée ou subitement ? j'optais sans sourciller pour la mort subite, abrupte, ne pas avoir le temps de la voir venir. Mais le temps m'a fait changer d'avis. Il faut savoir préparer sa sortie, organiser tous les détails, surtout pour les gens comme moi qui offrent une facette différente à chaque milieu. Je n'ose imaginer la zizanie si je ne règle pas avant de partir la cérémonie dans ses moindres détails, tous ces gens pensant me connaître, mais connaissant tous un Alan différent, qui se crêperaient le chignon sur tel ou tel choix et on finirait par demander à ouvrir le cercueil afin de vérifier qu'on parle bien de la même personne.

Une amie vaguement portée sur la sociologie m'a dit un jour que tous mes problèmes relationnels venaient de mon *habitus clivé*. Devant mon expression vide, elle a essayé de résumer en deux mots : il s'agissait d'un concept bourdieusien traduisant, en gros, le tiraillement intérieur entre le milieu social et culturel de nos racines et celui qu'on est amené à intégrer plus tard quand ceux-ci sont différents. Je dois mal restituer mais quelque chose de cet ordre, un déséquilibre permanent entre son soi social d'origine et son soi social d'adoption, comme un coureur du 100 mètres à qui on attacherait un élastique à la taille relié à la ligne de départ (ça c'est mon image à moi, elle vaut ce qu'elle vaut). Et j'ai tout de suite compris ce que Bourdieu voulait dire, c'est quelque chose qui me parlait. Un habitus clivé, comme si mes problèmes d'oreilles ne suffisaient pas. Rien ne m'aura été épargné. Bonjour docteur, voilà, il se trouve que depuis quelque temps, j'ai un habitus clivé. Houla, on va regarder ça, il vaut mieux être prudent, mettez-vous en chaussettes, et Christel lui avait brisé le cœur comme Cathy avait brisé le mien, et j'espère que le jour de ma crémation, elle ne viendra pas, elle, imposer la chanson qui me définit. Cathy, Cathy Bénézech, qu'est-elle devenue ? Je revois sa maison dans ses moindres détails et, là, subitement, retrouver ce lieu m'apparaît comme une nécessité impérieuse, vitale, une urgence.

Je suis debout, 3 place de l'Église – même si en fait de place il est plutôt question d'une minuscule placette où tiennent à peine un banc et un mûrier platane. L'extérieur n'a pas changé, un petit escalier qui mène à la porte d'entrée, au-dessus d'un garage, dont la rampe est ornée d'une glycine qui semble avoir traversé le temps sans le moindre problème. Je ne suis pas revenu depuis vingt-cinq ans, je n'en ai jamais eu l'idée, ni l'envie, il a fallu la crémation, l'album photo, l'intervention de Christel et ses cheveux grenat, comme il était dit dans une publicité de mon adolescence : il faut parfois secouer pour faire remonter la pulpe. Tout un tas d'images de cet été d'amour m'apparaissent. Tous les jours cet été-là, j'avalais les huit kilomètres qui me séparaient de chez elle, marche, vélo, auto-stop, mobylette empruntée à un ami (la mienne était en panne et je n'avais pas les moyens de la faire réparer), qu'importait le moyen. Le portable n'existait pas, l'imprévu était maître, l'aléatoire était roi, elle ne savait pas à quelle heure j'allais arriver ni même si j'arriverais. Et son visage radieux quand elle ouvrait la porte, le bonheur de nos retrouvailles dont l'incertitude faisait une épiphanie renouvelée chaque jour. Là nous obéissions toujours au même rituel : elle m'offrait une menthe à l'eau pour me remettre de mes émotions, menthe à l'eau qu'elle me regardait boire avec ses yeux rieurs, et que je m'efforçais de boire sans bruit de bouche ni précipitation, alors que j'étais complètement déshydraté par mon périple. Puis nous montions dans sa chambre, passions l'après-midi en étreintes chastes, discussions sans fin, rires innocents et déclarations brûlantes et là, pile là, je meurs d'envie de revoir cette table où je buvais ma menthe à l'eau pendant qu'elle me dévorait de ses grands yeux verts, revoir sa chambre, le lit, la vue à travers la fenêtre, la glycine ne me suffit plus, maintenant que j'ai croqué dans la madeleine, j'en veux plus encore.

La maison a l'air habitée. J'hésite un instant puis finis par grimper l'escalier, les jambes tremblantes. J'entends du bruit à l'intérieur, si ça se trouve c'est sa mère qui vit toujours là, si ça se trouve c'est Cathy elle-même qui a racheté la maison, je vais me retrouver nez à nez avec elle, elle va me faire entrer, m'offrir une menthe à l'eau et nous allons monter dans la chambre et tout à coup la porte s'ouvre avant même que je me sois décidé à toquer et je me trouve face à une femme blonde aux yeux clairs, plutôt jolie, avec un enfant dans les bras. *Ah il me semblait bien que j'avais entendu quelqu'un, bonjour, je peux vous aider?* Je suis pris de court, je n'ai rien préparé, je bredouille : *Voilà, il se trouve que mes parents ont vécu ici il y a très longtemps, je suis venu en pèlerinage, retrouver mes racines, je ne voulais pas vous déranger…* La dame sourit, elle semble touchée par mon histoire et m'invite à entrer. À l'intérieur, un homme est debout derrière un bar en train de boire un café, son épouse lui explique la raison de ma présence, elle reprend ma phrase au mot près pendant que je balaie la pièce du regard. Je ne reconnais plus rien, tout a été refait, j'ai l'impression d'être dans une maison que je n'ai jamais vue de ma vie et cette pensée s'oralise malgré moi : *Ça a changé…* Et jamais je n'aurais dû prononcer cette phrase car aussitôt le mari la perçoit comme une invitation à m'expliquer ce qui a changé et pourquoi. Il se lance alors dans l'inventaire des travaux qu'ils ont dû effectuer quand ils ont emménagé, non parce que les maisons des années 70 c'est bien beau mais bon.

Il me fait faire le tour du propriétaire, m'invite à passer de pièce en pièce, m'expliquant chaque fois dans le détail ce qui a été modifié et où et pourquoi et comment, et les matériaux s'enchaînent sans que j'en comprenne un seul, il me parle plinthes, placo, isolation, brique de parement, sous-bassement, enduit taloché ou enduit projeté, joint de dilatation, je suffoque, je commence à avoir la tête qui tourne, je suis à deux doigts de faire un malaise, mais je m'efforce tout de même de lâcher toutes les trois phrases environ un *Ah ouiii* admiratif devant le travail accompli, et parfois le *ah ouiii* ne doit pas être très à propos mais qu'importe, j'étais venu chercher ici le goût salé des lèvres de Cathy, pas les détails de l'enduit taloché. Rien n'est moins intéressant que les gens qui vous parlent de leurs travaux, voilà typiquement le genre de sujet (avec les résultats scolaires de ses enfants) qui n'intéresse que celui qui en parle. Et je suis le témoin d'un mur tombé ici, une cloison montée là, une mezzanine ailleurs, il s'attarde particulièrement sur les différentes étapes de la cuisine intégrée et mon état évolue de manière inversement proportionnelle à la cuisine : progressivement je me désintègre. Pendant qu'il parle, je cherche des yeux un verre de menthe, des vestiges de caresses, l'ombre de baisers perdus, mais le flot opaque de ses mots recouvre tout sur son passage. Je suis venu retrouver mon adolescence et mon adolescence est ensevelie sous un amas de murs porteurs, de charpente et de double vitrage, un vrai séisme tropical.

Elle est verte. Elle est passée de blanc laiteux à verte, là il n'y a plus aucune ambiguïté, il n'est plus question de s'abriter derrière des alibis de lumière ou d'illusion d'optique, elle est concrètement, désespérément, horriblement verte, d'un vert encore naissant, encore balbutiant, mais fermement déterminé à tourner au glauque si l'on n'y fait rien.

Hier en passant dans le quartier j'ai détaillé par réflexe toutes les piscines que je pouvais apercevoir à travers les clôtures, constatant avec un certain dépit que toutes étaient limpides et respiraient la santé et je dois me résoudre à ce constat sans appel : la seule piscine du quartier – voire peut-être du département – qui a verdi est celle dont je suis censé m'occuper. Je dois posséder un fluide négatif. Je me souviens quand, ados, nous invoquions les esprits autour d'une table, plongés dans une inquiétante pénombre, et alors que rien ne se décidait à bouger Sylvie m'avait demandé sèchement de quitter la table parce que, selon elle, je dégageais de mauvaises ondes. Cette phrase m'avait vexé et humilié, je n'aurais pas été plus blessé si elle m'avait dit, là au milieu de tout le monde, que je dégageais une forte odeur de transpiration. Je l'avais trouvée d'une impolitesse incroyable, mais peut-être avait-elle raison, peut-être avait-elle déjà compris, elle, avant tout le monde, armée d'une perception extrasensorielle, que jamais au grand jamais il ne faudrait me confier l'entretien d'une piscine.

La piscine prend son autonomie, affirme son indépendance, s'émancipe, elle me toise et me dit, avec morgue et fermeté, *Je suis majeure, il est temps que je fasse ma vie, je verdirai si j'ai envie de verdir, lâche-moi la grappe, tu n'as aucune emprise sur moi tu entends ?* Elle m'échappe comme m'échappe ma vie.

Je repense au film de Jacques Deray, *La piscine*, comment avaient-ils fait, eux, pour la maintenir claire et limpide tout le temps du tournage ? J'imagine un instant Romy Schneider, sortant d'une eau verdâtre, lançant à Alain Delon un regard sensuel et torride, des notonectes se débattant sur sa tête. Je commence à sérieusement m'inquiéter et me vois déjà devoir tout expliquer aux voisins le jour de leur retour, *Écoutez je ne comprends pas, hier encore, elle était totalement transparente, quelqu'un a dû venir dans la nuit y déverser de la vase et des algues, je crois qu'ils ont repéré un réseau de Roumains dans la région qui fait ça.* Pas de panique, je dois me calmer, respirer, je vais redresser la barre avant qu'ils ne reviennent, il me reste encore un peu de temps. Heureusement qu'ils n'ont pas un chat dont j'aurais dû m'occuper pendant leur absence, je suis si peu digne de confiance que lui aussi aurait fini par verdir.

Au milieu de ce vert naissant, je découvre que le nombre de notonectes s'est encore multiplié, je les vois grouiller et nager et se croiser comme des enfants à la piscine municipale et j'aperçois, alors que je me penche au-dessus du bassin, non, je ne rêve pas : une grenouille.

Sol y sangre, je dois revenir à *Sol y sangre*, dix mille signes par jour, la discipline du samouraï, même si pour l'instant le nombre de signes est à zéro et que la page de mon fichier *Roman sérieux* est aussi blanche que l'eau est verte. Je ne sais plus qui a dit (Henry Miller je crois) *On est auteur avant même d'avoir écrit la moindre ligne*, et cette maxime me convient parfaitement.

Sol y sangre, la vague de migrants espagnols dans le sud de la France, mon grand-père qui allait faire les vendanges tous les ans en septembre. De manière générale parler de ces nuées d'Espagnols qu'on voyait débarquer fin août début septembre comme une vague d'oiseaux migrateurs, ce ballet fascinant et revigorant de la place du village qui se remplissait d'inconnus burinés et gorgés de soleil, s'agglutinant sur les bancs sous les platanes en mangeant des graines de tournesol dont les coques recouvraient progressivement le sol, attendant que l'estafette du matin vienne les ramasser par grappes pour les amener à la vigne, sans que tout ça ne pose le moindre problème à qui que ce soit. C'était un rituel accepté et apprécié de tous, l'arrivée des Espagnols pour les vendanges, elle accompagnait les premiers parfums du raisin et du cuir des cartables neufs de la rentrée scolaire, et c'est fasciné et heureux que j'assistais à ce ballet matinal, mon cartable sur le dos en allant prendre le bus. Quinze jours plus tard, ils repartaient comme ils étaient venus, laissant derrière eux un grand vide et les traces persistantes d'une communion éphémère, des morceaux de nos racines éparpillés çà et là sur le bitume de la place du village et je tape sur Google *Est-ce que les grenouilles mangent les notonectes ?* Ce faisant je me dis qu'on doit pouvoir mesurer la santé mentale d'une personne à l'historique de son moteur de recherche – je me souviens avoir tapé il n'y a pas très longtemps *Existe-t-il des oiseaux qui sifflent faux ?* Moi qui m'inquiète pour Octave, je tombe, après avoir survolé une dizaine de sites sans succès, sur un article qui dit, non pas que les grenouilles peuvent manger les notonectes, mais que les notonectes peuvent manger des têtards. Mon inquiétude était donc mal placée : c'est pour les grenouilles que je devrais m'inquiéter.

Je ne parviens pas à franchir le pas du chlore choc, aussitôt me viennent des images d'apocalypse, de guerre, de chutes de météorites éteignant en un claquement de doigts des milliers d'espèces de dinosaures dans des hurlements déchirants, c'est Hiroshima et Nagasaki, et des enfants notonectes qui hurlent et pleurent, leur deux longues pattes sur la tête, cherchant leurs parents au milieu de ce bouillonnement laiteux qui les prend à la gorge, et moi après la catastrophe, muni de mon épuisette, devant sortir un à un les corps inertes de l'eau, comme si de rien n'était, comme un éboueur récolte les poubelles au petit matin et les lance dans la benne en sifflotant, non, hors de question, je ne peux pas faire ça. Je me décide pour une méthode évolutive : je vais me contenter dans un premier temps d'ajouter deux galets de chlore supplémentaires, de manière à rendre l'eau limpide progressivement, sans tuer les notonectes (et la grenouille). D'eux-mêmes, d'instinct, sentant l'eau s'enrichir peu à peu en chlore, ils se décideront peut-être à partir (s'ils sont arrivés là, ils doivent bien savoir en repartir non ?) vers d'autres eaux moins chlorées, sous d'autres cieux moins hostiles, tel un convoi volontaire traversant les vastes plaines arides en direction du Grand Ouest, des promesses de vie meilleure et des rêves de prospérité plein la tête.

La boulangère, alors qu'elle me tend la part de pizza que je suis venu acheter pour mon repas de midi, me demande si je compte participer à la battue. La battue ? Quelle battue ? Elle me montre alors une affichette scotchée sur son comptoir au milieu d'une dizaine d'autres : un avis de recherche, avec la photo d'une fille brune aux cheveux mi-longs, une certaine Sylvie Barral, et je m'aperçois que ça fait plusieurs jours que je croise cette affichette chez tous les commerçants de la ville sans que mon cerveau l'ait imprimée. La boulangère me dit qu'ils ont annoncé dans le *Midi Libre* du jour qu'une battue serait organisée samedi matin dans les bois pour tenter de retrouver un corps éventuel ou au moins des traces qui pourraient éclairer sa disparition et sans que je sache bien pourquoi, cette histoire me captive instantanément. Je passe acheter le journal et n'attends même pas d'être rentré chez moi pour lire l'article, je m'assois sur un banc dans le parc de jeux et découvre l'histoire. Comme tous les dimanches matin, Sylvie Barral est partie faire son jogging dans le bois qui borde la ville, mais à midi, ne la voyant pas revenir, son mari a commencé à s'inquiéter, il a téléphoné à ses beaux-parents pour savoir si elle était chez eux, mais elle ne s'y trouvait pas non plus, c'est là qu'il a prévenu la gendarmerie. La voiture de Sylvie Barral a été retrouvée le jour même sur le petit chemin à l'entrée du bois, à l'endroit où elle avait pour habitude de la garer avant de courir. Depuis, on est sans nouvelles, ça fait une dizaine de jours maintenant, une battue est prévue samedi matin pour ratisser le bois, tous les habitants sont invités à y participer.

C'est alors que tout un univers s'ouvre à moi, mon intuition première, quand la boulangère m'a montré l'affichette, se confirme et se concrétise : le voilà mon prochain livre. Cette idée m'apparaît comme une évidence, fini de tourner autour du pot, l'excitation que je ressens à cet instant précis constitue la validation même de mon projet, elle en est le feu vert enthousiaste et vibrant, et mon livre s'écrit déjà, ici et maintenant, en temps réel, tant je bouillonne et m'impatiente. Je vais non seulement écrire un livre sur la disparition de Sylvie Barral, mais je vais mener l'enquête de mon côté pour la retrouver. Consigner à mesure toute les étapes de mon investigation, m'inscrivant dans une mouvance moderne, exit le roman, l'époque est à la *narrative non fiction*, l'écriture doit être de son temps, s'en mêler, prendre une part active aux faits, ne plus se contenter de les regarder comme une vache regarde passer les trains, et me voilà surexcité à cette idée, le voilà le souffle qu'il me manquait, pour la première fois depuis longtemps je me sens revivre, porté par l'Art, par la divine inspiration, qu'il fait du bien ce souffle, qu'il est revigorant !

Première étape, avant la battue du samedi, je vais commencer par interroger ses voisins, ils ont probablement des choses à m'apprendre. Et si je n'apprends rien de concret, je pourrai toujours lire entre les lignes, j'en apprendrai toujours sur elle, son mode de vie, sa personnalité, je pars de zéro, tout est bon à prendre. Bien sûr, la gendarmerie a dû les interroger avant moi, c'est même la première chose qu'ils ont dû faire, mais je pars du principe qu'on répond différemment selon les interlocuteurs, et peut-être le fait de discuter à bâtons rompus, sans pression, de manière presque anecdotique, fera-t-il surgir des informations en filigrane qui ont échappé aux gendarmes.

J'ai besoin d'en savoir plus sur elle, je dois cerner mon sujet, m'en imprégner, Sylvie Barral, ce nom m'apparaît déjà familier, comme si cette histoire m'appartenait déjà, comme si elle et moi étions liés par un pacte faustien venu du passé, et je devine la fresque que je vais pouvoir tirer de cette histoire, une plongée dans les marasmes de la France provinciale où se croisent les fantômes de Chabrol et de Clouzot. Quelques jours après avoir récupéré la photo où Marc et moi posions en détectives, je tombe sur l'affaire Sylvie Barral, comment ne pas y voir un signe ? Comment ne pas voir dans cette concordance d'événements un appel au retour de John Steel ? À quel moment vous êtes-vous dit que vous pouviez prendre une part active à ce fait divers, et pourquoi celui-là précisément ? — Vous savez, Claire, il arrive un moment où l'on ne peut plus se contenter de grandes théories, il faut devenir acteur du monde et non plus spectateur, prendre parti, se donner corps et âme... Je vais vous dire quelque chose qui peut sonner bizarrement dans la bouche d'un écrivain mais, vous savez, les mots ne sont rien, seuls comptent les actes. Si l'écriture est une arme, alors il faut qu'elle soit au service d'une action, sinon c'est une arme sans munitions. Elle hoche un menton admiratif, elle adore mon image, Lisa avale en silence un verre de vin mais quelque chose se bloque dans sa gorge qu'elle essaie de réprimer.

Je décide d'envoyer de ce pas un mail à mon éditrice pour lui annoncer la grande nouvelle.

Chère Christine,

Je vous avais parlé dans un précédent message de ma volonté d'écrire un roman sur la guerre d'Espagne, les réfugiés républicains, leur arrivée en France, prétexte à parler de ma famille, de mes racines… Changement de programme, il semblerait qu'un autre sujet s'impose à moi alors que je ne l'attendais pas, même si je reste convaincu que Sol y sangre *sera quoi qu'il arrive mon roman d'après, le sujet me tient trop à cœur, mais ici l'urgence prime. Je vous expose le sujet en deux mots : ces jours-ci, dans ma ville, une disparition agite et inquiète la population, une trentenaire nommée Sylvie Barral qui est partie faire son jogging et n'est jamais revenue (peut-être en avez-vous entendu parler ?). J'ai décidé d'écrire le récit de cette disparition tout en menant ma propre enquête, une plongée dans la France provinciale comme l'ont fait Chabrol et Clouzot en leur temps, mais à la manière d'un journaliste gonzo… Je suis très excité par mon nouveau projet, j'ai hâte d'avoir votre avis.*

Bien à vous,

Alan

(PS - Je n'ai pas encore de titre mais ça ne saurait tarder.)

Je me trouve dans une petite rue encaissée, près d'un pont au-dessous duquel coule la rivière qui traverse la ville, je me trouve face à une porte, sur la sonnette est inscrit *Aznar Jean-Claude* d'une écriture un peu maladroite, enfantine. Dans l'article du journal il est dit que la piste de la fuite est envisagée, voilà quelque temps qu'elle voulait faire une retraite spirituelle, sans qu'il soit précisé de quel type de retraite spirituelle il s'agissait (monastère ? secte ?). Elle en parlait à son mari de plus en plus souvent ces derniers temps, selon lui elle était en relation avec un type qu'elle avait rencontré par le biais d'un site (une sorte de gourou ?) et ça commençait à l'inquiéter. S'ébauche alors dans ma tête un premier scénario : comme tous les dimanches, elle dit à son mari qu'elle part faire son jogging, puis discrètement, pendant qu'il boit son café ou alors est-il encore au lit, elle glisse son sac à dos rempli d'affaires dans le coffre de la voiture (peut-être même l'a-t-elle fait la veille, même si c'est plus risqué, l'homme aurait pu se lever tôt le dimanche et prendre la voiture, pour une raison inattendue). Elle emprunte le même trajet qu'à son habitude, se gare, et là une autre voiture vient la chercher : elle a rendez-vous avec le gourou. Et les voilà partis tous les deux, hop, disparus.

Je suis toujours devant la porte, fixant la sonnette. Qu'est-ce que je vais leur dire ? En tant que quoi vais-je me présenter ? Écrivain ? Journaliste ? Détective ? Soudain ma légitimité ne me semble plus si évidente, qui suis-je pour venir sonner chez les gens afin d'obtenir des renseignements sur leurs voisins ? Si ça se trouve, je suis le dixième à faire ça, le voisin va en avoir marre et me mettre son poing dans la figure, ou prévenir la gendarmerie, je vais être mis en garde à vue, voire être soupçonné dans cette histoire de disparition, pourquoi est-ce que je tiens tant à avoir la version des voisins, hein ? Je reste un instant devant la porte et, je dois me rendre à l'évidence, je n'ose pas sonner. Au bout de cinq minutes passées à ne rien faire, debout et immobile face à une porte, je décide de capituler, je finis par repartir, comme je suis arrivé, l'enquête la plus brève et la plus infructueuse de l'histoire des faits divers. John Steel et le mystère de la porte fermée. Et j'imagine la série *Columbo* où, à chaque épisode, il resterait devant la porte du suspect (la porte serait chaque fois différente, bien entendu), n'osant pas sonner, et on le verrait devant cette porte, s'agiter, tergiverser, mal à l'aise, s'ébouriffer les cheveux, essayant de se motiver en tirant nerveusement sur son cigare, puis au bout d'un peu plus d'une heure, finir par repartir, générique de fin.

Et alors que je fais volte-face, laissant derrière moi la sonnette de Jean-Claude Aznar et la promesse d'indices décisifs, j'aperçois Julio Iglesias marchant dans la rue d'un pas nonchalant. Nos regards se croisent quand il passe devant moi, et le sien, dédaigneux et lourd de reproches, semble me dire *Tssss, encore un acte sans suite, un début sans fin, un de plus.*

LOUISE

Pour me présenter Louise, Jeanne avait prévu que nous retournions au Belleville (probablement pour que le lieu, immuable, n'entre pas en considération et n'interfère pas dans le choix de mon coup de cœur) mais la nounou s'est décommandée à la dernière minute, elle a la grippe, et je suis le seul à trouver curieux qu'on puisse avoir la grippe en plein mois d'août, plus probablement aura-t-elle fait une overdose de Léo, et, soupesant le pour et le contre, opérant une rapide règle de trois entre argent gagné en une soirée et années d'espérance de vie perdues, elle s'est dit qu'elle allait faire l'impasse ce coup-ci, histoire de recharger les batteries. Je croyais être tiré d'affaire mais c'était sans compter sur la pugnacité de Jeanne : qu'à cela ne tienne, nous passerions la soirée chez eux.

Cette fois la fille s'appelle Louise. Je n'arriverai jamais à retenir tous ces prénoms, je dois impérativement faire des fiches, avec les prénoms et les traits de caractère associés à chacune surlignés au fluo, comme pour mon bac d'histoire où, incapable de discerner ce qui était important du reste, dans le doute, je surlignais tout, si bien que ma fiche tout entière était jaune fluo, plus rien ne se détachait, m'inspirant cet aphorisme qui continuerait de dicter ma vie : quand tout est important, alors plus rien ne l'est. Si je devais surligner au fluo quelques premières impressions de Louise : elle est jolie, elle a des yeux verts avec de grands cils derrière des lunettes, elle semble assez réservée et elle a un gros grain de beauté sur le côté droit du menton, ce genre de particularité entre charmant et disgracieux, et qui, dans un cas comme dans l'autre, attire immanquablement le regard, et l'on doit fournir un effort de concentration supplémentaire pour que notre rayon optique se maintienne à hauteur de ses yeux et ne s'abaisse pas sous sa bouche par un effet magnétique. Elle a un petit quelque chose de Natalie Imbruglia à l'époque de son tube *Torn*, clip que je regardais chaque fois subjugué et troublé par la beauté sauvage de la chanteuse. Je me voyais à la place de son partenaire dans le clip, un grand blond musclé qui semblait détaché de tout et qui me mettait en rage, Non mais attends, il a la chance que Natalie soit dingue de lui et il est là, tranquillou, il s'en fout, non mais c'est quoi cet enfant gâté ? J'avais une théorie selon laquelle il était homosexuel mais il n'osait pas le lui avouer, tout le temps de la chanson il tentait de le faire mais n'y parvenait pas – sinon comment expliquer une telle indifférence face à la beauté insolente de Natalie ? Donc, à l'époque, c'était mon scénario récurrent du soir avant de m'endormir, j'étais à la place du grand blond musclé et homosexuel dans *Torn*. Vingt ans après, il pourrait encore m'arriver de m'endormir avec elle mais le scénario serait plus élaboré : je suis un écrivain reconnu, retiré dans un mas en pleine campagne pour l'écriture de mon prochain ouvrage. Un soir de violent orage, quelqu'un frappe à la porte : c'est elle, la Natalie Imbruglia de *Torn*, trempée, son gilet à capuche imbibé, elle est désespérée, presque en larmes, sa voiture est tombée en panne sur le chemin alors qu'elle se rendait sur le tournage d'un film qui débute le lendemain matin (à ce stade, outre le fait qu'elle parle un français impeccable, ce qui s'avère plus pratique pour mon scénario, il ne me semble pas improbable que Natalie Imbruglia se rende sur un tournage, au fin fond de la France, seule dans une Kangoo de location, comme une simple figurante qui viendrait à ses frais, armée d'un GPS voire d'une carte routière). Elle est désemparée, je l'invite à entrer, la calme, aucun garagiste ne viendra à cette heure-ci avec ce temps, je lui propose de passer la nuit ici, qu'elle aille d'abord prendre une douche sinon elle va attraper la crève, qu'elle enfile un de mes pyjamas qu'elle trouvera dans mon armoire pendant que je lui prépare un thé. Puis nous passons une partie de la nuit à discuter et rire devant la cheminée avant d'aller nous coucher, on a du boulot demain avec cette histoire de voiture. Je lui laisse mon lit et dors sur le canapé à côté, il ne se passe rien, tout ça est très chaste et très tendre, mais les fondations d'une belle relation sont posées et la façon dont elle me dit *Bonne nuit Alan* en dit long sur ce que nous allons vivre dans les jours à venir. Alors bien sûr Louise n'est pas aussi jolie que Natalie Imbruglia de *Torn*, mais il y a comme un petit air.

Pour entamer une discussion lors d'une première rencontre, on s'enquiert souvent de la profession de notre interlocuteur, c'est un peu bête, comme si on n'était défini que par sa fonction, mais il faut bien commencer par quelque chose et donc Louise est infirmière, elle travaille au CHU dans la ville d'à côté, et je me sens toujours un peu minable et vain face à des professions comme celle-là, l'impression que je ne sers à rien de primordial. On se retrouve toujours à dire les mêmes choses, C'est un travail formidable, je sais pas comment vous faites, surtout avec les moyens dont vous disposez, c'est une honte le saccage de l'hôpital, alors que vous devriez être la priorité, ce genre de choses, et pendant que nous parlons de ça, Léo enfonce une crevette dans la narine de son frère, il l'enfonce entièrement, la crevette disparaît dans sa narine. Je regarde aussitôt Jeanne et Florent mais ils continuent de discuter comme si de rien n'était. Soit cet événement est négligeable sur l'échelle de l'agression, une crevette dans le nez, on est quand même loin de la strangulation, il ne faut pas exagérer, soit Jeanne et Florent ont décidé d'appliquer un nouveau mode d'éducation, inspiré directement de Françoise Dolto, selon lequel il ne faut pas empêcher son enfant de mettre une crevette dans le nez des gens sous peine de créer chez lui des frustrations qui pourraient se révéler par la suite désastreuses et s'est-on jamais demandé si les violeurs n'étaient tout simplement pas des personnes qu'on avait empêchées, enfants, de mettre des crevettes dans le nez des autres ? Quoi qu'il en soit, Gabin rechigne mollement, comme s'il s'agissait d'un combat perdu d'avance, et je me dis à cet instant *En voilà un qui va passer sa vie avec des crevettes dans le nez*, l'imaginant, plus tard, accepter tout avec la même résignation, tromperies, divorce, licenciement, maladie, et tous, épouse, patron, médecin, lui annonceront chaque fois la mauvaise nouvelle en lui enfonçant stoïquement une crevette dans le nez.

Je déteste la façon qu'a Jeanne de me scruter chaque fois que Louise (ou Mylène, ou Chloé) me parle, cette façon de vouloir discerner chez moi le moindre indice, tenter de percevoir si, comme elle dit, *ça matche*. Et son regard qui se veut discret, un peu latéral, un peu par en dessous, souvent en faisant semblant de boire son verre, me transperce comme un javelot. Moi qui ai déjà naturellement du mal à me concentrer sur les discussions, qui dois lutter contre un bouchon de cérumen psychologique permanent, je dois là, de surcroît, faire attention à ce que j'exprime, tenter de rester naturel, composer avec ce regard inquisiteur qui guette le moindre signe de reddition de mon cœur, ce moment béni où je fendrai l'armure, n'as-tu jamais entendu parler, Jeanne, de certaines expériences dont le résultat est directement influencé par le regard du scientifique ? Et tout à coup, Léo dit à Louise *Pourquoi tu as un gros bouton là ?* en montrant son menton, laissant tout le monde interdit un quart de seconde qui semble durer des heures. Un frisson de malaise grimpe le long de ma colonne vertébrale comme une armée d'araignées, j'ai subitement très chaud, je suis pris de panique, comme si c'était moi qui venais de prononcer ces mots. À côté de ça, l'étranglement et la crevette dans le nez c'était un échauffement de banc de touche. Mais Jeanne se remet à parler à Louise comme si de rien n'était, le parti pris tacitement adopté semble être de faire comme s'il ne s'était rien passé, Louise nous parle d'une amie qui a ouvert un cabinet d'hypnose et aide les gens à arrêter de fumer (la discussion est partie du fait que j'allumais une énième cigarette pour me donner une contenance), je dis que pour ma part je suis plutôt réticent à ce qu'une personne que je ne connais pas me mette en état d'hypnose, et Léo se remet à crier

Pourquoi tu as un gros bouton là ? encore plus fort. Là, Jeanne et Florent devraient prendre les choses en main, soit lui intimer de se taire et de manger, soit lui expliquer que, non, vois-tu Léo, ça n'est pas un bouton, c'est un grain de beauté, seuls les gens très beaux en possèdent un, c'est pour ça qu'on appelle ça un grain de beauté, et se tourner vers Louise avec un air complice et détaché. Mais non, rien, la table est constituée de deux parents démissionnaires et de deux autistes qui fixent le vide droit devant eux, on a fait mieux comme entourage pour remettre un enfant dans le droit chemin. Jeanne me dit *Ah ah tu aurais peur de quoi ? Que la dame abuse de toi pendant que tu es sous hypnose ?* Je ne rêve pas, elle reprend la discussion comme si Léo n'avait rien dit, et je ne sais que répondre, je ne suis pas habitué, comme elle, à naviguer au milieu des récifs, à slalomer entre les phrases de Léo. Je tente de répondre malgré tout que là n'est pas la question, qu'il s'agit plutôt de et je suis coupé par Léo qui répète sa question encore plus fort, et Jeanne éclate de rire à la phrase que je n'ai pas eu le temps de terminer en disant *Ah ah ah mais Alan enfin tu blagues !* à un volume sonore disproportionné. Florent lui emboîte le pas en criant *Tu imagines, tu sors de l'hypnose et tu te retrouves devant un curé, en train de dire oui à la fille qui t'a hypnotisé !* et son intervention ne veut rien dire, le but étant seulement de remplir l'espace le plus possible, et à ce rythme nous allons finir le repas à échanger des banalités en hurlant de toutes nos forces pour couvrir la question insistante de Léo. Heureusement, il finit par se lasser, il se tourne vers son frère et lui enfonce la tête dans le bol de guacamole, nous continuons de discuter comme si de rien n'était, la tension retombe en même temps que le volume de nos voix et je crois que nous remercions tous la présence providentielle de ce bol de guacamole. Pour la forme, Florent se fend tout de même d'un *Non mais Léo enfin ça va pas ?* et c'est fou à quel point ils ont baissé les bras, se trouvent totalement démunis devant leurs enfants alors que par ailleurs ils m'ont toujours donné l'impression de gérer les événements mieux que quiconque. Certes, Florent ne transpire pas l'autorité dans sa vie en général, c'est quelqu'un d'assez effacé, probablement ce qui nous a rapprochés, mais Jeanne, elle qui possède naturellement un tempérament de feu, c'est à n'y rien comprendre, comme si elle avait trouvé son maître en la personne de Léo, telles ces grandes équipes de foot qui, à la surprise générale, se font sortir par un club de troisième division. Face à ses enfants, je vois la petite fille qu'elle a été et qui manquait de confiance en elle, et ça me la rend attachante, malgré sa volonté farouche de me présenter toutes les filles de la région.

Je leur annonce que je ne dois pas me coucher trop

tard car j'ai une battue le lendemain et c'est probablement le pire alibi jamais trouvé pour échapper à une soirée qui s'éternise. Une battue ? Oui, une battue, j'explique, Sylvie Barral, la disparition, le footing, le bois, le visage de Jeanne s'illumine et elle s'exclame *Oh mais oui, on n'a qu'à y aller tous ensemble demain, ce serait sympa !* Ce serait sympa. Comme si elle proposait un brunch et non la recherche d'un possible corps inerte. Mais Florent la rappelle à l'ordre, *Et les jumeaux tu en fais quoi ?* Aussitôt elle s'affaisse de déception et je sens passer dans son regard l'ombre fugace et noire d'une pensée qui pourrait se rapprocher de : Qu'est-ce qui m'a pris d'avoir des enfants, qui plus est des jumeaux, alors que sans enfants elle aurait pu aller chercher des corps en forêt entre amis, tranquillou. *Ben sinon vas-y avec Louise… Louise, ça te dit ?* Nos regards, à Louise et moi, se croisent un quart de seconde, des regards où passent pêle-mêle surprise-panique-gêne, on nous aurait proposé de nous dévêtir et de nous monter dessus en public que nous n'en aurions pas été plus gênés. Et Louise bredouille *Ben je sais pas, je suis pas invitée…* Sur le moment personne ne comprend si elle plaisante ou pas, puis il nous apparaît très vite que non, et nous éclatons de rire quand même, et je trouve sa phrase d'une maladresse aussi touchante que surréaliste, c'est tout à fait une phrase que j'aurais pu prononcer. Pour autant, je n'ai aucune envie d'aller à la battue avec Louise, tu parles d'une première sortie à deux… Et puis j'y vais pour le travail, je dois rester concentré, mon enquête fleuve, mon grand projet, sept cents pages âpres et moites sur la face cachée de cette France rurale et délaissée. C'est Louise elle-même qui nous sort de l'embarras en déclarant qu'elle avait oublié qu'elle était de garde en fin de matinée, et je la remercie mentalement de cette intervention, factice ou pas. Léo profite d'un silence pour crier *Louise la mouise !* sans que personne ne relève.

À vue d'œil je dirais que nous sommes une petite centaine, je ne m'attendais pas à une telle mobilisation. Cette solidarité est belle à voir, ça n'était pas gagné, un samedi matin. Certains sont venus équipés, grosses chaussures de randonnée et bâton de marche, quand d'autres, comme moi, arborent de banals vêtements de ville, et j'ai la pénible sensation de revivre ces cours de sport où j'arrivais sans ma tenue, ce qui trahissait un manque de motivation certain, et le professeur qui m'humiliait en public, mais ici personne pour humilier personne, personne pour juger personne, nous sommes tous mus par un même élan, tendus vers le même but : trouver des traces de Sylvie Barral, que nous soyons en fuseau, en jogging, en jeans, peu importe. L'ambiance est à la concentration, chacun affiche un masque grave et déterminé.

Un type grand et mince à la barbe poivre et sel prend les choses en main, nous explique dans quel sens nous allons avancer et comment, de manière à ratisser la plus grande surface possible en un minimum de temps. Puis il nous souhaite bon courage et nous pénétrons dans la forêt. Très vite un code de conduite s'impose, alors même que le type ne l'a pas explicité : nous marchons dans un silence monacal. Nous avons tous bien compris que l'heure n'était pas au papotage, seuls résonnent nos pas sur le sol et le bruit des bâtons écartant les feuillages. Il y a quelque chose d'impressionnant, d'inquiétant même, à voir une centaine de personnes battre la campagne en silence, quelque chose de biblique, de pré-apocalyptique, à peine de rares *Sylviiiie* lancés comme des flèches sans cible, seul son qui semble autorisé. Je me vois déjà décrire cette scène épique dans mon livre, une armée en marche, une armée digne et courageuse, partant au front comme le firent d'autres défenseurs de la liberté en leur temps, là peut-être faire un parallèle avec les républicains espagnols en guise de discret avant-propos, de clin d'œil au livre suivant, et les exégètes qui se pencheront sur mon œuvre avec un peu de recul découvriront que tout était déjà annoncé là, et puis peut-être utiliser la métaphore de ces nuées de criquets dévastant les champs de blé en Australie – non, trop agressif comme image, nous ne dévastons rien, au contraire, nous partons à la recherche de la vie, nous *sommes* la vie, oui c'est bien ça, c'est parfait, mon livre avance à grands pas.

Je ne regrette pas de m'être levé, quand le réveil a sonné ce matin, j'ai eu un peu de mal, maudissant les quelques bières et cigarettes de la veille. Jeanne a quand même trouvé le moyen de me téléphoner juste avant que je parte, pour son petit bilan habituel, qu'est-ce que j'ai pensé de Louise, me devançant même dans ma réponse, *Tu vas me dire que tu la trouves chouette mais que tu n'as pas la tête à ça, hein ?* Effectivement, je le lui ai confirmé, au mot près, Louise est vraiment une fille bien mais c'est moi, ça vient de moi, j'ai le cœur sec comme une éponge qu'on a laissée sur une terrasse toute une après-midi de canicule, peux-tu comprendre, Jeanne ? Et j'ai l'impression que nous tournons en rond, elle est persuadée que tout ça va faire son chemin, que j'ai juste besoin de prendre du recul, d'assimiler tous les événements, *Tu ne vas pas passer ta vie avec une photo de Lisa sur un autel*, et je me concentre sur mes pas, scannant le paysage autour de moi comme un Terminator dernière génération, scrutant entre les troncs, entre les branches, derrière le moindre rocher, à l'affût de la moindre forme inhabituelle.

Lisa aimait beaucoup les balades en forêt en automne, ramasser des châtaignes, je la suivais volontiers même si ça n'était pas mon activité favorite. Un dimanche matin alors que des coups de feu retentissaient de toutes parts, nous avons croisé un groupe de chasseurs qui nous ont dit *Faut pas trop rester par là, on fait une battue* (de sangliers celle-ci) et Lisa, outrée, a rétorqué que depuis quand la forêt leur appartenait et qu'elle se baladerait si elle avait envie de se balader et que c'est pas eux qui allaient décider où les gens avaient le droit de se balader et le ton a commencé à monter, tout à coup un des chasseurs, totalement ivre du litre de vin qu'il avait ingurgité au petit déjeuner, a levé son canon et nous a criblés de balles, nos deux corps ont été projetés en arrière par la déflagration, finissant dans un buisson, nos vêtements rouges de sang, voilà la scène qui m'est apparue instantanément alors que les esprits s'échauffaient, et j'ai fini par dire à Lisa, *Bon allez viens on rentre, c'est pas grave*, et j'aurais voulu ne jamais voir le regard qu'elle m'a lancé à cet instant, un regard qui disait, décontenancé, éberlué : *Ah mais en fait... Alan est lâche*. Elle le découvrait peut-être ici. Son mec était une petite fiente qui s'écrase à la moindre bataille, au moindre obstacle, un petit collabo qui aurait balancé des juifs en 40 si la situation l'avait exigé.

Le retour s'est fait en silence, je n'ai même pas osé argumenter, je savais qu'elle venait d'ouvrir pour la première fois la porte de mon petit débarras personnel, celui qui abrite mes zones d'ombre et mes faiblesses, porte que j'avais pris soin jusqu'alors de dissimuler derrière un grand tapis mural coloré. Je doute cependant que Ronsard, à ma place, eût réagi différemment, avec ses lunettes à mi-nez et son pull sur les épaules, je suis même persuadé qu'il aurait été plus pitoyable encore, au mieux aurait-il cité quelques vers pour les amadouer, les ramener à la raison, et les chasseurs lui auraient ri au nez, jamais de leur vie ils n'auraient autant ri, ils en auraient pleuré, et Ronsard s'en serait trouvé humilié, et par rebond, Lisa aussi, elle l'aurait soudain regardé d'un autre œil, c'était donc ça son homme ? Un type qui ne trouve rien d'autre à faire que citer du Ronsard pour apaiser des chasseurs ivres et belliqueux ? Son habitus à lui était décidément tout d'un bloc, fait d'une seule matière, sans le moindre mélange de milieux sociaux, cent pour cent arabica de Ronsard, et son petit côté intellectuel parisien aurait soudainement excité quelque chose d'animal et de tribal en eux, comme dans le film *Délivrance*, et l'un d'eux l'aurait menacé de son arme, l'aurait forcé à baisser son pantalon, puis un autre, le plus saoul, l'aurait sodomisé en lui ordonnant de faire la truie. Voilà à quoi tient une relation, Lisa. C'est facile de susciter l'admiration dans un fauteuil au coin du feu, un verre à la main, mais j'espère que tu lui feras passer à lui aussi l'épreuve des chasseurs, les règles doivent être les mêmes pour tout le monde sinon c'est injuste.

Soudain, hormis les notes du *Dueling Banjos* de *Délivrance* qui résonnent dans ma tête, je réalise que je n'entends plus rien, plus un bruit, plus un pas, pas le moindre bruissement de feuilles. Pendant que j'étais dans mes pensées, dans un état second, j'ai marché, marché, sans même regarder où j'allais, et j'ai beau scruter tout autour de moi, rien, plus aucun repère, je dois me rendre à l'évidence : je suis perdu. Je n'ai jamais eu le sens de l'orientation, qu'est-ce qui m'a pris de vouloir faire cavalier seul ? Alors que c'est la base, il faut toujours marcher en binôme – au minimum – dans les battues. Peut-être voulais-je inconsciemment être celui qui trouverait quelque chose, le premier, validant ainsi mon droit à écrire mon témoignage : c'est moi qui ai trouvé le corps, qui est plus légitime que moi pour écrire sur le sujet ? Un bandeau rouge ornerait la couverture blanc crème de mon livre : *Par celui qui a découvert le corps*, ma photo juste à côté, air mystérieux et index sur la joue. Mais pour l'heure me voilà complètement perdu au milieu d'arbres qui se ressemblent tous autant les uns que les autres, je tourne et retourne et plus j'essaie de m'en sortir, plus je m'enfonce dans les sables mouvants d'une végétation toujours plus épaisse. Un bête orgueil m'empêche de crier pour qu'on vienne me chercher. Ils vont devoir organiser une seconde battue, une battue parallèle, pour me retrouver, je suis mort de honte, je vais mobiliser des dizaines de personnes qui vont nourrir le ressentiment de devoir perdre leur temps à me chercher alors que, quelque part, gît probablement le corps inerte de Sylvie Barral. Comme ces navigateurs solitaires lors de transats qui subissent une avarie sévère et lancent un SOS, et le navigateur le plus proche, alors qu'il était bien engagé dans la course, se voit tiraillé par un dilemme, continuer la course en tête ou opérer un large détour pour aller secourir son concurrent, abandonnant ainsi tout espoir de victoire. Bien évidemment, de dilemme il n'est pas question officiellement, le code d'honneur c'est sacré, tous les marins du monde sont frères, on n'hésite pas une seule seconde à secourir son prochain. Mais je ne peux m'empêcher de me dire qu'au fond de lui tout au fond, une fois rejoint son compagnon, il lui enfoncerait bien la tête sous l'eau de rage. Et le navigateur en détresse, que ressent-il lui, au moment où il envoie son SOS ? Au moment où il est contraint de perturber un grand événement pour sauver sa petite personne ? De la honte ? La peur de déranger ? Non mais c'est bon, je vais couler mais ne vous occupez pas de moi, bonne chance pour la course. Voilà mon sentiment à cet instant précis, au-delà de la peur de ne jamais retrouver le chemin : l'impression honteuse de gâcher quelque chose de plus grand que moi.

Peut-être ne me trouveront-ils jamais, peut-être vais-je rester là un temps infini, je vais devoir m'adapter à la vie en forêt, réapprendre à vivre au milieu de la nature, retrouver des gestes ancestraux, construire un arc, des flèches, chasser des oiseaux, des lézards, des écureuils, et je me demande si l'écureuil est comestible, probablement, ça doit ressembler à du lapin, mais qu'importe la saveur, au bout d'un an dans la forêt, je n'en serai plus à des considérations gustatives, il est même probable que je m'accommoderai de la mousse sur les pierres. J'apprendrai à lire dans le vent, la lune, les stigmates de troncs centenaires, mes cheveux et ma barbe commenceront à pousser de manière anarchique, mes vêtements se transformeront en haillons et je perdrai progressivement la raison en même temps que l'usage de la parole, l'intelligence va laisser place à une forme d'instinct animal, plus propice à la chasse et à la survie – car qui sait si cette forêt n'abrite pas en son ventre quelques prédateurs pour l'homme.

On me retrouvera peut-être dans quelques années, un professeur au physique de François Truffaut me prendra sous son aile afin que je ne sois pas livré en pâture aux réseaux sociaux (*On a retrouvé l'homme des bois, la photo 3 va vous surprendre !*), même si je ferai la une des journaux, et les deux biographes de la bête du Gévaudan, sans se concerter, se lanceront dans l'écriture de mon histoire et se retrouveront dans des salons du livre pour s'écharper sur ma date de naissance exacte. Les professeurs auront un mal fou à me réapprendre les codes sociaux, la bête en moi ne voudra pas me quitter, elle aura goûté au primal, aux origines, à l'essence même de la vie, pourquoi revenir au monde des hommes et à leurs lois absurdes, qu'aurais-je à y gagner ? Mais un jour, Lisa viendra me rendre visite malgré l'interdiction formelle des spécialistes (*Laissez-moi le voir, je vous en supplie, c'est notre seule chance de salut, à lui, à moi, à nous tous…*) et en la voyant, tout me reviendra, la raison, la parole, les sentiments, tout ce qui fait que nous sommes chair et cœur et ventre, et nous nous prendrons dans les bras, Lisa en larmes, et elle me soufflera dans l'oreille, entre deux sanglots, *Alan Alan, je croyais t'avoir perdu*, et j'entends un type crier *Sylviiiie !* pas très loin de moi, je suis sauvé.

Elle a encore verdi malgré les deux galets de chlore que j'ai ajoutés hier, elle est devenue quasiment opaque, je ne comprends pas. Il faut peut-être attendre un peu le temps que le chlore fasse effet ? Alors que le nombre de notonectes semble stabilisé (encore que le vert m'empêche de bien voir jusqu'au fond), une nouvelle découverte me laisse littéralement pétrifié : une grenouille de plus. Voire deux. Je ne parviens pas à distinguer si c'est la même qui plonge et remonte à la surface ou si elles se relaient. Je reste un long moment à guetter les plongées et remontées à la surface et, oui, il me semble bien qu'il y a trois grenouilles.

Je vois peu à peu la piscine s'enrichir de nouveaux occupants, tant en faune qu'en flore, et à ce rythme je vais bientôt être en mesure d'ouvrir un parc aquatique, bienvenue à GlauqueLand, pour cinq euros seulement, venez passer une journée en famille, vous pourrez observer une multitude d'espèces dans leur milieu naturel, venez profiter des attractions telles les plongées et remontées de grenouilles, ainsi que notre ludique *Où est Octave ?* – version aquatique de *Où est Charlie ?* Vous pourrez prendre des photos avec une notonecte sur l'épaule, comme ces parcs qui proposent des photos avec un boa autour du cou, alors bien sûr c'est moins spectaculaire, mais je prendrais soin de préciser que la notonecte n'est pas si inoffensive, car sais-tu mon garçon que la notonecte mange des têtards ? Je prononcerais cette phrase avec l'expression un peu sadique du paléontologue dans *Jurassic Park*, celui qui n'aime pas trop les enfants. Vous pourrez même vous baigner au milieu des animaux ! Et bénéficierez, mesdames, des bienfaits des microalgues sur la peau ! Clou du spectacle, si vous vous attardez suffisamment, vous pourrez même assister à l'eau qui verdit en direct sous vos yeux ! Et quand les voisins rentreraient de leurs vacances, ils découvriraient la manne que leur aurait rapportée le parc et me prendraient dans leurs bras, débordant d'émotion.

Je suis censé retrouver Jeanne, Florent et Chloé à la plage, je ne sais pas ce qui m'a pris d'accepter leur invitation, peut-être ai-je senti la supplication à demimots de Florent qui craignait de se retrouver seul à la plage avec Jeanne et Chloé. Peut-être aussi une partie de moi a-t-elle accepté pour ne pas se retrouver face à un écran vide et un curseur qui clignote. De toute façon, l'après-midi, il fait trop chaud pour travailler sur la terrasse, autant en profiter pour aller m'aérer un peu et puis un roman doit se nourrir de la vie, je vais tendre l'oreille sur la plage, peut-être vais-je saisir, au détour de conversations de serviettes, des témoignages sur la disparition de Sylvie Barral, tout le coin ne doit bruire que de cette affaire, à moi de saisir les bons mots au bon moment. Pour un auteur, tout est travail, tout est matériau, un samouraï n'a jamais de repos. Je n'y resterai pas longtemps, je ne fais qu'y passer, mais je l'ai promis à Jeanne et Florent. Ils profitent d'une après-midi tranquille alors que les jumeaux sont invités à un anniversaire, et Jeanne était presque émue en me l'annonçant. Habituellement, ils ne sont jamais invités car, me dit-elle, les parents veulent inviter Gabin mais pas Léo, ça n'est pas ouvertement formulé mais elle le sent bien, ce qui fait qu'ils n'en invitent aucun des deux, Gabin pâtit de la situation, comme des siamois attachés par la tête, une sorte de pack engagement, Ah non désolé c'est les deux ou rien, c'est livré ensemble, vous prenez le calme et le chiant. En m'apprenant la nouvelle de cet anniversaire, Jeanne me fait l'effet d'un de ces commerciaux qui a enfin réussi à vendre un forfait hors de prix à un client. Elle se dit, pleine d'espoir, que, si ça se trouve, tout va bien se passer et qu'ils seront invités encore d'autres fois, et j'imagine, moi, le petit garçon qui fête son anniversaire les cheveux en flammes parce que Léo les lui aura brûlés avec les bougies du gâteau.

Je décide de mettre un galet de chlore supplémentaire avant de partir à la plage et m'apparaît que Chloé et chlore ne diffèrent que d'une seule lettre. Je ne sais pas si c'est très bon signe.

Nous sommes assis sur des serviettes, formant une sorte de cercle informe, tout le monde est en maillot, sauf moi qui ai gardé mon tee-shirt. Je suis face à Chloé, seins nus, et voilà que, comme un adolescent prépubère, je suis gêné de me retrouver face à ses seins nus, et de surcroît agacé d'être gêné. Je me sens terriblement vieux jeu de me sentir troublé par une fille seins nus sur la plage à mon âge. Notre rapport à la nudité doit, comme beaucoup de choses, trouver ses origines dans l'enfance, or chez moi nous avons toujours baigné dans une grande pudeur, ma mère ne s'est jamais exhibée nue devant moi, pas plus que, passé un certain âge, je ne l'ai fait. Il arrivait parfois que, à l'adolescence, après une soirée où j'avais bu plus que de raison, je passe la nuit chez Marc plutôt que de rentrer chez moi. Je dormais sur le canapé du salon, et, au petit matin, je voyais débarquer son père, grand, maigre, vêtu d'une sorte de marcel blanc informe et rien d'autre, le sexe à l'air, pendouillant comme un rouleau de jambon cuit. Quand il me découvrait avachi sur le canapé, il n'en était pas perturbé le moins du monde, il me lançait un *Oh salut Alan, bien dormi ?* avant d'aller se faire un café dans la cuisine, repartant comme il était venu, m'offrant le spectacle de ses fesses blanches et décharnées. Il était issu de cette génération soixante-huitarde pour qui se balader nu n'était pas un problème et dont le credo était, à tort, *Et alors quoi ? On est tous pareils, non ?*

Mais au fond, ce ne sont pas tant les seins nus de Chloé qui me mettent mal à l'aise que son visage. Un corps nu n'est véritablement incarné que si l'on en connaît le visage (après tout, sur cette plage, nous sommes entourés de seins nus sans que ça me perturbe outre mesure). C'est d'avoir vu Chloé vêtue et de la voir dénudée qui me perturbe, ce n'est en rien lié à elle, je suis convaincu que je serais tout aussi gêné si c'était Jeanne qui se trouvait seins nus. Je me souviens d'un élève au collège, Gilles Escrivat, un type dans notre classe qui avait redoublé deux fois, à l'âge où nos hormones s'enflammaient et que nous regardions en cachette, planqués dans les toilettes, les pages lingerie du catalogue de La Redoute de nos mères, lui nous avait asséné ce constat sans appel : *C'est naze de se branler sur des filles que tu connais pas.* Il avait mis au point un procédé révolutionnaire qui ferait peut-être un jour date dans l'histoire de la masturbation : au lieu de se contenter d'anonymes, il découpait dans les photos de classe les visages de filles de notre collège (des filles qui lui plaisaient, ça va de soi) puis il collait les visages sur ceux des mannequins de La Redoute, *Et là mon pauvre ça a plus rien à voir, ça change tout, je peux te dire que l'effet est pas le même !* Nous étions bluffés, j'avais trouvé son idée formidable et m'étais mis en tête de faire pareil.

Le soir même, chez moi, j'avais découpé la tête d'une fille sur notre photo de classe (Carole Miguel) et l'avais collée sur un corps que je trouvais particulièrement affriolant. Sauf que, j'aurais dû m'en apercevoir avant de la coller, la tête était beaucoup trop petite par rapport au corps, de sorte que la fille semblait s'être fait réduire la tête par une tribu d'Amazonie et subitement ça n'était plus tellement excitant (d'autant que les cheveux de la fille du dessous dépassaient, s'ajoutant à ceux de Carole Miguel, ce qui lui conférait une tignasse énorme et effrayante). Et, chose essentielle que je n'avais pas comprise dans l'explication de Gilles Escrivat (mes oreilles devaient déjà se boucher au collège), c'est que lui se contentait de *poser* les visages, non de les coller, afin de restituer le catalogue intact et recommencer l'opération à l'envi. Je venais de le comprendre trop tard. Voilà que dans le catalogue de ma mère se trouvait, définitivement, une fille en sous-vêtements avec une tête réduite de Carole Miguel. Pris de panique, j'avais essayé de décoller la photo mais tout était venu, la tête de Carole Miguel avec celle de la fille de dessous, et je m'étais retrouvé, horrifié, face à un corps avec un trou en lieu et place de son visage. Des semaines durant, chaque fois que ma mère feuilletait le catalogue de La Redoute, j'étais pris d'une douleur au ventre, la peur qu'elle ne découvre cette page et la perspective d'avoir à rendre des comptes me retournaient l'estomac. Qui était assez tordu pour découper le visage, uniquement le visage, d'une fille en sous-vêtements ? J'aimerais bien savoir ce qu'est devenu Gilles Escrivat, ce type somme toute un peu benêt mais parcouru de fulgurances géniales – peut-être est-ce lui qui, par la suite, a créé Photoshop, qui sait.

Donc voilà ce qui me met mal à l'aise : que ces seins nus soient associés au visage de Chloé, qu'ils soient incarnés. C'est d'autant plus décalé que je suis resté, moi, habillé, refusant même d'ôter mon tee-shirt, autant par pudeur maladive que pour signifier Je ne fais que passer, cette sortie n'est pas la mienne, je n'ai rien à voir avec ce goûter sur la plage, je vous fais juste un petit coucou, comme ces gens qui restent sur le pas de la porte sans entrer malgré les invitations répétées, afin de ne pas se laisser embarquer dans un interminable apéritif – voire, pire, un apéritif dînatoire.

Florent me demande *Alors cette battue ? Ça a donné*

quoi ? Chloé se tourne vers moi avec un air intrigué, je ne lui laisse pas le temps de m'imaginer habillé en chasseur, bardé de cartouchières, une bouteille de vin dépassant de ma besace, je lui explique rapidement, Sylvie Barral, la disparition, le jogging, la forêt, je raconte un peu la battue, en omettant soigneusement de préciser que je me suis perdu. Nous avons fait chou blanc, le retour au point de départ était aussi silencieux que l'aller mais d'un autre silence, un silence maussade, vidé d'espoir, un silence bouché et replié sur lui-même.

Chloé a entendu parler de cette histoire, sa théorie à elle est que la fille est partie, elle a fui, je lui dis *Oui, je pense qu'elle s'est fait embrigader par cette espèce de gourou*, mais elle ne croit pas un mot de cette histoire de secte, *Non non, pas partie avec ce gourou, cette histoire c'est un écran de fumée, elle en a parlé à son mari pour qu'on puisse immédiatement penser à cette piste, mais la réalité c'est qu'elle avait juste envie de se barrer… Si tu savais le nombre de filles qui y pensent, quitter leur mec, quitter leurs enfants, tout plaquer et se barrer, qui rêvent de le faire et qui ne le font pas*, là personne n'ose regarder Jeanne dont on imagine aisément que l'idée l'a déjà effleurée. La théorie de Chloé jette un nouvel éclairage sur cette affaire et ouvre un champ insoupçonné dans mon travail : c'est la fuite d'une femme éprise de liberté, qui refuse d'être enfermée dans un carcan d'un autre âge, le voilà le vrai thème qui sous-tend le simple fait divers, je vais écrire un livre féministe, voilà, un manifeste, parler au nom de millions de femmes qui subissent, subissent tout, au quotidien, sans rien dire, dans une abnégation douloureuse, Car voyez-vous Claire, bien sûr qu'on a avancé, bien sûr qu'on a fait des progrès mais, entre nous, vous trouvez normal que les femmes soient payées en moyenne vingt pour cent de moins que les hommes ? (Vérifier mes chiffres avant l'émission.) Il reste encore beauuuucoup de chemin à parcourir, croyez-moi, j'insiste sur le *beaucoup* et Chloé me demande subitement *Tu as appelé ta mère ?* Elle dit ça sans le moindre souci d'enchaînement, moitié espiègle, moitié air de maîtresse d'école qui vérifie si les devoirs ont bien été faits. Comme elle soutient mon regard en silence, je lui dis *Ben non*, ce à quoi elle répond *On l'appelle là ?* Cette fille est folle. Elle est peut-être pertinente en ce qui concerne la désertion des femmes au foyer mais elle est folle. Je suis face à une fille seins nus qui veut à tout prix que j'appelle ma mère. Je me contente de secouer la tête pour évacuer le sujet au plus vite. Elle me regarde encore un instant puis finit par lancer *Bon ben puisque tu veux pas appeler ta mère, moi je vais faire un plouf, qui vient ?* Elle se lève comme un ressort, Jeanne lui emboîte le pas, et elles se dirigent vers l'eau, côte à côte, comme deux ados, de dos on dirait même qu'elles sont en train de rire.

Florent et moi restons assis sur nos serviettes, nous allumons une cigarette et fumons en silence, regardant la mer comme si on attendait quelque chose d'elle, une réponse, un signe, une attaque de requin, peu importe. Je tente un *Ça va toi sinon ?* lancé au hasard dans l'air chaud, et Florent me répond *Un peu fatigué mais ça va*. Ma question ratisse large et englobe un panel de thèmes infini, je lui tends une perche à prises multiples, mais il y a peut-être tellement de choses à dire qu'on ne sait pas vraiment par quel bout attaquer et finalement on ne peut pas faire plus précis et plus explicite que sa réponse, *un peu fatigué mais ça va*, façon de dire que tout nous épuise mais il semblerait que nous soyons encore vivants alors bon, ne nous plaignons pas. Dans *Tintin au Tibet*, il y a cette séquence avec les sherpas, tous marchent à la queue leu leu sur le chemin, chargés de sacs énormes, et le capitaine Haddock marche loin devant tout le monde, enthousiaste et plein d'entrain, sifflotant, torse bombé et tête haute, puis au fil des cases, on le voit perdre en superbe et régresser jusqu'à finir loin derrière, épuisé, transpirant et las, voilà, c'est un peu la conception que j'ai toujours eue de la traversée de la vie : on part le torse bombé et on finit cent mètres derrière les sherpas. Florent et moi ne sommes pas encore à cent mètres mais les sherpas sont déjà bien loin devant nous.

Nous sommes là, assis comme deux vieillards sur un banc de village, en arrêt au bord du monde qui s'agite à une vitesse folle, et tout autour de nous transpire un climat de jouissance ultime avant la fin du monde, *Sea, sex and sun*, quoique en ce qui me concerne ce serait plutôt *Sea, état vaguement dépressif and sun*, mais je doute que la chanson eût autant cartonné avec un titre pareil.

Puisque ce sont les portes fermées qui me bloquent, commençons par les portes ouvertes. Je décide de retourner à la boulangerie, au fond, c'est de là que tout est parti, prenons les choses dans l'ordre. La boulangerie est un centre vital de la société, c'est là que tout se joue et se divulgue et s'échappe, les boulangères sont probablement les personnes les mieux informées de tout ce qui se trame dans les moindres recoins de chaque pièce de chaque maison. Je fais la queue derrière une dame quand arrive un texto de Jeanne, *Alors cet aprèm plage ?* suivi d'un émoji qui sourit de toutes ses dents avec les yeux plissés, expression que je situe entre la taquinerie et la complicité. L'avantage du texto est que je ne suis pas au pied du mur pour lui répondre, et que lui répondrais-je de toute façon que je ne lui aie dit mille fois ? C'est quelqu'un de chouette Chloé, vraiment, mais j'ai pas la tête à ça, n'insiste pas, et un soleil brûlant sur des seins nus ne change rien à l'affaire, ma libido s'est fait la malle avec mes illusions, main dans la main, émoji moine marchant sur le chemin de Compostelle.

C'est à moi, je demande une baguette, prends une légère inspiration, et dis, mine de rien, en regardant l'affichette d'un air détaché, *Oh au fait on a des nouvelles de la demoiselle ?* La boulangère répond *Eh non, si c'est pas malheureux...* Et puis plus rien. Il faudrait que je rebondisse, que j'enchaîne avec des questions ciblées mais discrètes, *Vous n'avez rien remarqué de précis les jours précédant sa disparition ? Vous n'avez rien entendu qui pourrait laisser supposer une fuite ?* Et elle répondrait *Ah mais si, maintenant que vous le dites...* Mais non, je ne trouve rien à dire derrière ça, je reste silencieux, et tout à coup une lassitude m'envahit, doublée d'un triste éclair de lucidité : je n'y arriverai pas. Je ne suis pas taillé pour ça. Il semblerait que j'aie choisi un sujet trop grand pour moi, je ne suis pas ce genre de type qui va vers l'autre, fouille, démêle, veut en savoir plus. Il faut composer avec sa nature, ne pas chercher à la forcer, ma nature à moi est de rester devant des portes fermées, devant des *Eh non si c'est pas malheureux* obstrués de toutes parts. Et c'est la mort dans l'âme que je décide, là, en une fraction de seconde, comme une certitude, un constat définitif, d'abandonner mon projet, de laisser tomber l'écriture de ce livre. Une chape de plomb s'abat sur moi et je sens mes épaules s'affaisser.

La boulangère me montre la monnaie qu'elle a posée dans la coupelle pour que je la récupère et, machinalement, dans un geste réflexe, je serre la main qu'elle me tend. Elle me regarde éberluée et je maudis ce corps qui effectue des actes que mon cerveau n'a pas validés, comme ça, en autarcie totale. Un souvenir me revient d'un coup, c'était il y a quelque temps, sur l'autoroute, une voiture familiale m'a dépassé et, sur la banquette arrière, une petite fille de quatre ou cinq ans m'a fait coucou, comme le font souvent les enfants quand ils s'ennuient sur l'autoroute, et je lui ai répondu par un doigt d'honneur. J'étais horrifié de ce réflexe incontrôlé, mon corps avait fait ça sans même en demander l'aval à ma tête, je n'en revenais pas, j'étais pétrifié de honte et je ne savais même pas à qui en vouloir étant donné qu'à aucun moment je n'avais souhaité ni ordonné ce geste. J'imaginais déjà la voiture m'obliger à stopper sur le bas-côté et un père fou de rage en sortir pour me casser la figure, mais il ne s'est rien passé, la voiture s'est éloignée devant moi, emportant avec elle ce geste insensé. La petite fille n'a probablement rien dit, elle a dû garder pour elle cet événement, et qui sait le chemin que va prendre ce doigt d'honneur dans son développement, peut-être va-t-il constituer le battement d'aile du papillon qui fera d'elle une adulte cruelle et misanthrope, un simple geste, grain de sable dans le rouage de sa foi en l'humanité, dans vingt-cinq ans elle battra son fils et l'enfermera dans un placard sombre et je lâche la main de la boulangère, confus et honteux en la remerciant. Je sors de la boulangerie et me trouve nez à nez avec Julio Iglesias, qui me lance un regard noir. Je lui dis *Je n'abandonne pas, je laisse simplement mûrir*, il me répond *Quand les choix sont trop mûrs, ils tombent de l'arbre*.

Un auteur à succès est atteint d'une tumeur au cerveau qui, du fait de sa taille, exerce une pression sur le nerf auditif et le frappe peu à peu de surdité. Pour ne pas se marginaliser, et parce que le lien avec ses proches est tout ce qui lui reste, il décide de cacher sa maladie à son entourage. Il répond au hasard à ses interlocuteurs, arrive à faire illusion un moment, mais, les semaines passant, tout ce qu'il dit devient tellement incohérent qu'autour de lui on commence à se demander s'il n'a pas sombré dans la drogue. Il se décide alors à prendre des cours particuliers de lecture sur les lèvres. Mais peu à peu il perd aussi la vue. Un roman sur le rapport à l'autre, la décrépitude des corps et la résilience. (Références : le Bernardo de Zorro, ce film de Jacques Audiard dont j'ai oublié le nom, La mouche *de Cronenberg).*

Non, *Sol y sangre*, je dois revenir à *Sol y sangre*, parler de ma mère, ma petite maman, arrivée en France avec ses parents à neuf ans, ne sachant parler un seul mot de français et soucieuse d'apprendre, peu à peu surmonter les obstacles, gravir la montagne par petits paliers, et parvenir au sommet, maîtriser la langue jusqu'à devenir première de sa classe, parler de ça, de l'ascenseur social qui existait jadis et qui n'existe plus, mettre en miroir deux époques, sans nostalgie ni angle réactionnaire mais faire ce constat.

Après son Partage des maux *qui nous avait déjà enthousiasmés, Alan Cuartero opère un virage à 180° et réussit à nous surprendre. Il nous avait fait rire, voilà qu'il nous émeut avec l'histoire de cette famille venue d'Espagne et, en filigrane, une déclaration d'amour à sa mère. On pense bien sûr au* Livre de ma mère *d'Albert Cohen, même si, ici, l'auteur, d'une extrême pudeur, ne convoque la figure maternelle que par petites touches, comme pour ne pas la déranger.*

Un roman poignant sur la filiation, la transmission et la résilience qui continue de nous hanter longtemps après l'avoir refermé, où l'on découvre que derrière le masque de clown se cachait une sensibilité insoupçonnée. Gageons là que ce ne sont que les prémices de son nouveau et fascinant parcours que l'on devine encore plein de surprises. Télérama, pictogramme Bonhomme très enthousiaste.

Lisa repose le magazine sur la table basse, silencieuse, absente à elle-même, un étrange sentiment l'envahit, un vide, l'impression que tout se passe ailleurs, dans un lieu qu'elle a abandonné il y a bien longtemps et qui a repris vie sans elle, et elle regarde le type à ses côtés, il est en train de lire de la poésie persane en hochant la tête comme s'il approuvait quelqu'un ou quelque chose qui aurait impérativement besoin de son approbation, et subitement elle le trouve creux avec ses petites lunettes rectangulaires posées à mi-nez, creux et inutile, elle a envie de lui dire *À quoi te servent tes lunettes si c'est pour regarder au-dessus en permanence ?*

Je retourne voir l'eau, à présent d'un vert dense et impénétrable, et semble apercevoir une nageoire qui a affleuré avant de disparaître, une nageoire énorme, d'un gris argenté qui perce à travers le vert.

Chère Christine,

Après mûre réflexion, je me vois contraint de mettre en stand by mon projet sur la disparition de Sylvie Barral. Il m'est apparu en effet qu'il s'agissait d'un travail de fond plus ardu que prévu, et que toute l'énergie déployée pour mener mon enquête se faisait au détriment de l'écriture elle-même, or qu'y a-t-il au final de plus important que l'écriture ? Peut-être faut-il toujours écouter son premier élan, je reviens donc, plus motivé que jamais, à ma piste précédente, Sol y sangre, *l'histoire de mes grands-parents, de ma mère, et de tous ces réfugiés espagnols arrivés en France, j'ai tant à dire sur ce sujet… J'ai hâte de vous en envoyer les premiers chapitres.*

Bien à vous,

Alan

La mère de Marc me sert un thé, je suis assis exactement à la même place que la fois précédente. Elle m'a téléphoné pour me demander de passer la voir et je m'attendais à ce qu'il y ait une raison particulière, mais je découvre que nous suivons exactement le même rituel que la dernière fois : elle m'a accueilli sur le pas de la porte en me prenant dans ses bras, fondant en larmes, puis nous nous sommes assis et voilà qu'elle pose les albums photo sur la table. Je me dis qu'elle ne va pas me montrer les mêmes, il doit s'agir d'autres albums, mais non, à peine posés sur la table, je les reconnais, les quatre albums avec chacun une petite pastille ronde numérotée de 1 à 4. Elle commence à ouvrir le premier, et elle se met à commenter les mêmes photos avec les mêmes mots. Dans une vision d'horreur, je m'imagine, jusqu'à la fin de sa vie, venir la voir toutes les semaines, et nous nous attablerons pour regarder les mêmes photos et elle fera exactement les mêmes commentaires, et je devrai faire comme si je les découvrais, des années durant. Mais je ne me sens pas le droit de me plaindre, ce serait obscène et déplacé, rien n'est plus difficile que le deuil d'un enfant et si je dois servir de psy, de déversoir ou que sais-je encore, eh bien soit, je le dois à Marc, je le dois à ses parents, je le dois aux enfants que nous avons été, on passe sa vie à payer des dettes à notre enfance et à nos rêves perdus et elle est en train de complètement me déprimer, comme si j'avais besoin de ça. Au bout d'un moment, elle me demande si je veux emporter une photo en souvenir de lui, et je ne sais pas si elle m'en propose consciemment une deuxième ou bien si c'est pour elle la première fois. À vrai dire, je crains que cette tragédie ne lui ait fait perdre un peu la tête. Je décide de faire comme si de rien n'était, je choisis une photo de Marc et moi dans une épreuve de tir à la corde, lors d'une sorte de tournoi intercommunal, nos visages tordus par l'effort, notre équipe avait perdu toutes les épreuves les unes après les autres, avec chaque fois la même déception renouvelée. Tout était déjà inscrit dans cette photo, on aurait dû y voir un signe. Petite lueur d'espoir : à force de me donner des photos, il va arriver un moment où nous n'aurons plus de photos à regarder, elles seront toutes chez moi, et je n'aurai plus à revenir. À moins que d'ici là elle ait perdu la tête au point de me faire venir pour que nous feuilletions ensemble des albums vides, et voilà qui me semble une parfaite allégorie du temps qui passe.

Sur le trajet de retour, je m'arrête à la station essence et, alors que je sors de ma voiture, je me retrouve nez à nez avec Louise dont la voiture est garée à un mètre de la mienne de l'autre côté de la pompe. Nous nous sentons un peu bêtes, face à face, tous les deux, sans trop savoir quoi nous dire, sans Jeanne et Florent entre nous, comme deux étrangers qui ne parlent pas la même langue et dont l'interprète a du retard. Elle a une Supercinq, une Supercinq rouge, et je suis ému, je ne sais pas pourquoi, que cette fille roule en Supercinq, preuve, me semble-t-il, de son peu d'attachement au matériel. Ce n'est pas du tout une Supercinq qui signifie *Regardez, je m'en fous, je roule en Supercinq, vous avez vu comme je m'en fous ?*, non, c'est une Supercinq qui est là parce qu'elle marche encore depuis ses années étudiantes, époque où ses parents la lui avaient offerte pour sa première année de fac quand elle a quitté la maison, et pourquoi changer quand quelque chose marche, c'est affectif, on s'attache aux choses qui se délitent, on s'attache *surtout* aux choses qui se délitent, voilà ce que dit cette Supercinq.

Elle me demande si la battue s'est bien passée, je lâche un *Oui oui génial* un peu trop enjoué avant de me raviser, en réalité pas tant que ça, nous n'avions rien trouvé, c'était assez triste, puis nous échangeons un peu sur Jeanne et Florent et finissons par nous dire au revoir. Je croyais qu'elle avait déjà mis de l'essence et s'apprêtait à repartir, mais la voilà qui, comme moi, décroche le pistolet pour remplir son réservoir, et nous nous retrouvons à deux mètres l'un de l'autre en train de mettre de l'essence, et je trouve la situation très gênante, comme lorsqu'on dit au revoir à quelqu'un dont on s'aperçoit avec stupeur qu'il part dans la même direction que nous, et on se retrouve à marcher à quelques mètres l'un de l'autre sans savoir si on doit se parler, et quand l'un des deux se décide enfin à prendre les choses en main et reprend la conversation, c'est encore pire, et jamais essence ne m'a semblé s'écouler aussi lentement. J'appuie de toutes mes forces sur le pistolet comme si le flux allait s'accélérer. Je pourrais très bien ne remplir que la moitié du réservoir et repartir mais ça semblerait suspect. Habituellement, de la même manière que je touche le bout de mon nez aux heures-minutes identiques, je me dois de tomber sur une somme ronde, un nombre entier, au compteur de la pompe à essence. Quand approche le chiffre rond, je modère ma poigne, comme le héros qui désamorce une bombe à retardement dans un film d'espionnage, et quand j'y parviens, c'est un feu d'artifice qui explose en moi, une victoire personnelle sur la vie, les éléments, la destinée, j'ai envie de lever les bras au ciel et je regarde toujours autour si les gens ont assisté à mon exploit. Mais là j'ai autre chose à faire que de doser ma poigne, j'ai hâte de repartir, un vulgaire nombre à virgule fera parfaitement l'affaire, tant pis pour la destinée.

Nous raccrochons le pistolet exactement au même moment, de sorte que j'ai l'impression d'être face à un miroir, c'est assez troublant. C'est elle qui finit par rompre le maléfice du silence post-au revoir qui s'éternise. *Au fait, Jeanne et Florent m'ont prêté ton roman, j'ai beaucoup aimé, j'ai trouvé ça très beau et profond, ça m'a un peu fait penser à* Juste la fin du monde *de Lagarce, ou ce film de Desplechin,* Un conte de Noël, *j'aime beaucoup le regard que tu portes sur les rapports familiaux*. Je ne rêve pas. Elle vient de me sortir presque au mot près la phrase que m'a sortie Mylène au vernissage de Laurent Broomhead. Un peu sonné, je la remercie malgré tout, elle me lance un dernier *Salut* et nous repartons, là aussi en même temps.

J'ai peur de comprendre : c'est Jeanne. C'est Jeanne qui, pour flatter mon ego et m'attendrir, leur a fait le résumé de mon roman au cas où elles veuillent m'en parler, Pas la peine de le lire hein, tu n'auras qu'à dire ces mots, ça lui fera plaisir. Comme si elle ne se doutait pas que les deux, voire les trois, allaient me pondre exactement la même phrase. En réalité, personne n'a acheté mon roman, tous se font passer ce pitch de bouche à oreille depuis sa sortie au cas où ils seraient amenés à me croiser. Alors bien sûr, je n'en ai pas vendu zéro, puisque Amazon m'a dit que j'étais 104 546e, mais il est fort possible que je n'en aie vendu qu'un seul, et celui qui l'a acheté a eu pour mission de le lire et d'en tirer quelques lignes de résumé qu'il est censé fournir à qui le demande en cas d'urgence, comme ces fiches de lecture au collège qu'on se faisait passer en changeant quelques mots. Ils ont tiré au sort pour l'achat du livre et c'est lui qui a perdu.

Je me gare sur le bas-côté et appelle Jeanne, je veux en avoir le cœur net. Elle décroche à la première sonnerie, surprise, je n'ai pas pour habitude de l'appeler, en général c'est elle qui le fait. Je lui annonce d'emblée *Si je te dis Lagarce et Desplechin, ça te parle ?* Je la sens hésiter au bout du fil, *Ben euh non, pas spécialement, enfin si, je connais les deux noms mais où veux-tu en venir ?* Elle a l'air sincère mais Jeanne est plutôt bonne comédienne quand elle veut. *C'est toi qui as dit à Mylène et à Louise, et peut-être à Chloé j'imagine, de me réciter le truc sur Lagarce et Desplechin ?* Elle semble tomber des nues, *Mais non enfin qu'est-ce que tu racontes ? Qu'est-ce que c'est que cette histoire ?* Je ne saurai jamais la vérité, Jeanne n'avouera pas de toute façon, d'ailleurs elle dévie très vite sur un autre sujet : Chloé est invitée à une grosse soirée demain, le 21, et propose que nous la retrouvions là-bas, et tout à coup la date résonne comme un gong : le 21, demain nous sommes déjà le 21, et mes voisins rentrent le 22, je n'ai pas vu passer le temps, en été je ne fais jamais particulièrement attention aux dates. Une sueur froide m'envahit de la tête aux pieds en quelques secondes, la piscine, les notonectes, les grenouilles, GlauqueLand, c'est un cauchemar, je dois régler ça au plus vite, il me reste deux jours pour rendre cette piscine dans l'état où on me l'a laissée, dussé-je y passer quarante-huit heures non stop.

Je me lève animé d'un nouvel entrain, je vais effectuer un chlore choc, je n'ai plus le choix, et d'ici demain, jour de retour des voisins, tout sera comme au moment de leur départ. Je ne voulais pas en arriver à cette extrémité mais il y va de mon honneur, tant pis, ce sont les notonectes ou moi. Et pendant que le chlore fera son œuvre, je me plongerai dans la mienne, *Sol y sangre*, poser enfin les premiers mots, remplacer enfin le nom de ce fichier, inscrire en lettres de feu *Sol y sangre* en lieu et place de ce *Roman sérieux* neurasthénique et froid. Il a suffisamment mûri dans mon esprit, l'heure est venue de mettre tout ça noir sur blanc, parler de mon grand-père, de ses goûters de pain tomate huile d'olive que ma grand-mère lui préparait, son *porrón*, son mythique *porrón* qu'il tenait à cinquante centimètres au-dessus de son visage et duquel il faisait couler un filet de vin dans sa bouche. Et ces grandes tablées familiales où, au beau milieu du repas, lui et ses deux frères se levaient sans préavis et entonnaient *Cucurrucucù Paloma*, et mes grands-parents champions de tango qui avaient dansé des heures et des heures sur *La cumparsita*, *Mano a mano*, *Caminito, Caminito* leur chanson fétiche, le plus beau des plus beaux de tous les tangos du monde, le plus triste aussi, chanson du temps qui passe et des amours perdues et puis subitement la révélation, mon roman s'appellera *Caminito*. Moins guerrier que *Sol y sangre*, plus subtil, plus poétique, façon de dire que l'amour, l'art et l'espérance triomphent toujours de tout. *Caminito*, je répète le titre en boucle, je vais de ce pas envoyer un message à mon éditrice pour lui signaler mon changement de titre, je suis convaincu qu'elle approuvera mon choix. J'ai été bouleversée par ce passage où vos grands-parents dansent pour la dernière fois lors du baptême de leur arrière-petite-fille, leurs regards amoureux, leurs derniers pas ensemble, leur dernier tango, cette scène est bouleversante, j'en avais les larmes aux yeux. — Merci Claire, vous savez, si comme le dit Robert McLiam Wilson *Toutes les histoires sont des histoires d'amour*, alors tous les tangos sont des histoires d'amours perdues et de temps qui passe, et j'ai hâte de m'installer pour écrire tout ça, excité, fébrile, bouillonnant, je me précipite dans le petit cabanon pour y prendre le seau de chlore choc et m'approche de la piscine. Là je me fige. Ce que je découvre, je mets un instant à l'inscrire dans une réalité.

Un corps.

Un corps humain.

Un corps humain flotte au milieu des notonectes, des grenouilles, îlot anachronique au milieu du vert épais. On distingue le dos et l'arrière de la tête, recouverts d'une couche de mousse verte. Je reste un instant immobile au bord du bassin, essayant de réguler ma respiration et mon rythme cardiaque. Je ne sais pas combien de temps je reste là, hébété, happé par une dimension qui m'échappe.

Je finis par appeler la gendarmerie, il me semble que c'est la première chose à faire dans ces cas-là. Je tombe sur une voix masculine assez haut perchée, je lui explique, le plus distinctement que je peux, les voisins, la piscine, le corps, tout ça est très confus, il doit me prendre pour un fou, mais se contente de me dire *Nous arrivons tout de suite*, comme s'il s'attendait à mon appel. Je reste là, les bras ballants, en un temps distendu, me demandant si je ne pourrais pas faire quelque chose, et quoi : un massage cardiaque, du bouche à bouche ? Je tourne en rond sur la terrasse et allume une cigarette, alors que je m'étais astreint ces derniers temps à ne plus fumer le matin, mais celle-là s'impose. Je regarde le corps en fumant, dans une sorte de fascination morbide, jamais je ne me suis senti à ce point inutile et démuni, et je prends conscience que c'est la première fois de ma vie que je vois un mort. J'ai assisté à plus d'enterrements qu'il n'en faut, mais ce que je vois là n'a rien à voir avec les corps que j'ai croisés, ceux que j'ai croisés jusque-là n'étaient pas des morts, c'étaient des défunts. Je revois Marc, allongé dans sa caisse, son visage apaisé, il était très beau, et à tous les enterrements revient cette phrase, Il est beau hein, on dirait qu'il dort, parce qu'on a besoin de se dire ça, on a besoin que l'au-delà soit calme et exempt de toute tension, sinon ce serait trop insupportable. Un type est payé pour ça, pour maquiller les défunts, leur donner le visage de la sérénité, transformer la mort en repos, et j'imagine un thanatopracteur débutant qui, sans le vouloir, par manque d'expérience, composerait sur le défunt le masque de la souffrance. J'allume une autre cigarette en essayant de faire le vide, penser à tout sauf à ce que j'ai sous les yeux, ce corps flottant au milieu de l'eau, cette eau qui n'a jamais été aussi verte mais, là, tout de suite, ce n'est plus vraiment la priorité.

Un secouriste est impliqué dans la mort de dizaines de personnes. Chaque fois qu'il pratique un massage cardiaque, l'accidenté meurt. Il finit par être soupçonné d'homicide et aussitôt mis en garde à vue, jusqu'à ce qu'on découvre la raison des décès : à l'école de secourisme, on lui avait enseigné le massage cardiaque selon une technique bien précise de pressions sur le thorax suivant le rythme de Stayin' Alive *des Bee Gees, or lui, tout au long de sa vie, avait confondu* Stayin' Alive *et* Born to Be Alive. *Il finira par être relâché mais ne s'en remettra jamais vraiment. Un roman sur la reconstruction, la résilience et l'échec de l'orientation scolaire. (Références : Cette infirmière qui donnait la mort à ses patients,* Alerte à Malibu.*)*

La terrasse est envahie de gendarmes, des types partout en train de prendre des mesures, s'occuper du corps, prendre des photos. L'un d'eux est près de moi, je lui expose les faits, mes voisins en vacances, je suis chargé d'entretenir leur piscine (en prononçant cette phrase, alors que nous sommes au bord d'une eau verte et grouillante de grenouilles, je suis pris d'un sentiment de honte hors sujet). Le gendarme, voyant mon état de panique, tient tout de suite à me rassurer, *Ne vous inquiétez pas, vous n'êtes en rien mis en cause* (la possibilité que je sois mis en cause, à vrai dire, ne m'avait même pas effleuré l'esprit, maintenant qu'il dit ça, je suis pris d'une angoisse à retardement).

Il m'explique la situation sans trop entrer dans les détails, ils sont encore tenus par le secret de l'enquête. Si je comprends bien, dix minutes avant mon coup de fil, le compagnon de la victime les a appelés. Il était fortement alcoolisé la veille au soir et s'était mis en tête de se débarrasser du corps qu'il cachait chez lui depuis plusieurs jours. La victime étant décédée par étranglement sous un oreiller, son compagnon a eu l'idée de cette mise en scène macabre : mettre le corps dans une piscine pour faire croire à une noyade. Cette nuit, complètement ivre, il a tourné dans la ville et a fini par jeter le corps dans une piscine au hasard dont la maison lui semblait inoccupée. Ce matin, pris de remords et de désespoir, visiblement encore sous l'emprise de l'alcool et d'autres substances, il a appelé la gendarmerie pour se rendre et tout avouer. À ceci près qu'il était cette nuit dans un tel état qu'il a complètement oublié dans quelle piscine il avait jeté le corps, il ne se souvenait que du quartier. Mon coup de téléphone est tombé pile au moment où les hommes de la gendarmerie s'apprêtaient à partir pour faire la tournée des maisons avec piscine. *On vous contactera pour une déposition demain dans la journée, restez disponible et d'ici là, ne touchez à rien.* Je lui précise que je m'apprêtais à faire un chlore choc, il me dit *Hors de question, ne touchez à rien pour l'instant*, puis il ajoute *Et si vous avez besoin d'un soutien psychologique, n'hésitez surtout pas à nous le signaler*, et je n'ose pas lui répondre que ça fait des années que j'ai besoin d'un soutien psychologique mais qu'il est un peu tard, à moins que le soutien n'ait un effet rétroactif et radical, un effet chlore choc, parce que chez moi c'est vert depuis bien longtemps, on nage dans les baobabs.

Des notonectes, des grenouilles, des nageoires, et maintenant un corps. Heureusement que je n'ai pas à m'occuper de la piscine une semaine de plus, qui sait ce que j'aurais encore découvert. Un troupeau de zèbres ? Un rhinocéros ? Les enfants d'une colonie de vacances ?

GlauqueLand n'aura jamais aussi bien porté son nom.

Adolescent, j'étais frappé d'une étrange malédiction, chaque fois que j'étais invité à une soirée importante – en d'autres termes : une soirée dans laquelle se trouvait une fille que j'aimais bien –, la veille je faisais une poussée d'herpès sur la lèvre supérieure, toujours au même endroit, invariablement. J'en pestais devant le miroir de la salle de bains, j'en aurais pleuré, je maudissais tout ce que je pouvais maudire. Avec le recul, aucun maléfice : l'herpès apparaissait justement parce que j'étais stressé et fébrile à l'idée de franchir le pas avec une fille qui me plaisait. Souffrant d'un manque de confiance en moi maladif, je me voyais accablé d'un obstacle supplémentaire, et c'est comme si on plaçait les paniers de basket encore plus haut pour les équipes handisports. Ma mère appelait ça un *bouton de fatigue*, litote gracieuse pour éviter de prononcer le mot honteux, herpès. *Bouton de fatigue*, c'était mignon et inoffensif, et, enfant, je me demandais pourquoi elle appelait ça un bouton de fatigue alors que je trouvais qu'herpès était un joli mot, j'en aimais beaucoup la sonorité qui m'évoquait le nom d'un dieu. Je compris très vite avec l'âge que, si de dieu il était question, il s'agissait du dieu des soirées foireuses, avec toge et trident sur son nuage, un énorme bouton sur la lèvre, un peu en retrait au bord de l'Olympe, n'osant adresser la parole à personne. Et me voilà ce soir avec un début d'herpès dont j'ai du mal à saisir le sens. Cette soirée n'a aucun enjeu, je n'y vais dans aucune optique de séduction. Il doit s'agir cette fois d'un herpès post-traumatique, on ne sort pas indemne de la découverte d'un cadavre dans une piscine. Mon corps a eu besoin d'évacuer ce choc et il semblerait qu'il ne connaisse comme réaction de défense naturelle que l'herpès et la fuite et après tout c'est toujours mieux qu'une tumeur.

Nous sommes accueillis, Jeanne, Florent et moi, par un vacarme estival, un mur de musique, de rires et de cris mêlés, dans une immense villa luxueuse. Une centaine de personnes sont déjà sur place, version provinciale des soirées *jet set* de la côte Ouest des États-Unis et j'ai envie de leur dire Wopopop, calmos les gars, il y a quelques heures encore, une morte flottait sous mes yeux, on va y aller doucement. Je n'en ai parlé à personne, ils le sauront bien assez tôt. Je n'avais aucune envie de venir à cette soirée mais après la journée que j'ai vécue, j'avais aussi besoin de me changer les idées, je n'aurais pas pu rester seul chez moi. Visiblement nous sommes chez un certain Georgio. Le prénom est en accord avec le lieu : tapageur, clinquant, un prénom qui sent la chaîne en or sur le torse bronzé et les cheveux plaqués en arrière. En réalité, le type doit s'appeler Georges, mais se fait appeler Georgio – comme l'herpès se fait appeler *bouton de fatigue*, pour échapper le temps d'une soirée à sa condition misérable.

Nous retrouvons Chloé installée à une table haute, elle est avec une fille qu'elle nous présente comme une amie, Mélanie, et au moment où nous arrivons il est question du Bangladesh. Mélanie raconte que chaque fois que son ado veut acheter un vêtement, elle tient, pour lui prouver toute l'absurdité de la surconsommation et du libéralisme, à lui montrer une vidéo d'enfants au Bangladesh fabriquant des jeans pour les Occidentaux dans des conditions déplorables pour des salaires de misère. Il a le droit d'acheter le vêtement à condition qu'il regarde la vidéo jusqu'à la fin, et je trouve le concept très curieux. OK d'accord, tu peux assassiner qui tu veux à condition que je te montre des vidéos d'enterrements afin de te sensibiliser au concept de décès, je veux être bien sûre que tu commets ton acte en pleine conscience des conséquences de ton geste.

Chloé me gratifie d'une bise, elle a l'air contente de

me voir et semble déjà avoir un peu bu. La discussion glisse rapidement vers des sujets plus légers, le jeu consistant à détailler les gens autour de nous, c'est pas machin lui ? c'est pas truc elle ?, mes oreilles commencent à se boucher et j'ai l'image anachronique de Chloé seins nus sur la plage. Je repense au concept de Gilles Escrivat qui aurait pu fonctionner aussi dans l'autre sens : il aurait très bien pu coller des seins nus sur les photos des filles de la classe, mais l'image de seins nus collés par-dessus une doudoune ou un K-way n'est pas forcément la plus excitante qui soit.

Je regarde la piscine, limpide, majestueuse, impériale, des faisceaux de lumière l'éclairant de l'intérieur, et j'aimerais croiser Georgio pour lui demander comment il fait, lui, pour obtenir une eau aussi claire, je m'accroupirais au bord du bassin, prenant un peu d'eau dans ma main pour mieux l'analyser, comme dans cette publicité pour le café de mon enfance, *Elle est claire ton eau, Gringo, c'est quoi ton secret pour n'avoir ni notonectes, ni grenouilles, ni cadavres ?* Je dois avoir déjà un peu bu car je cherche un plan pour remplacer la piscine de mes voisins par celle-là pendant la nuit une fois que tout le monde sera rentré. Sur le moment, intervertir deux piscines ne me semble pas si insurmontable, j'en viens même à essayer d'évaluer d'un coup d'œil si elle passerait par le portail et il faut à tout prix que mes oreilles se débouchent et que je revienne à la conversation ou la soirée risque d'être longue. Je commence par me lever pour aller aux toilettes. Mon verre à la main pour me donner une contenance, je me fraye un chemin à travers des groupes qui s'agitent et rient et parlent fort et je suis subitement pris d'une affection déplacée pour le genre humain dans son ensemble. Ces gens sont sortis, ils sont sortis pour se réunir et essayer de se divertir, ils sont là pour fuir la réalité mais la réalité finit toujours par nous rattraper, un jour tous ces gens seront morts et heureusement qu'on ne me demande jamais d'animer des soirées.

Alors que je traverse des grappes d'anonymes, mes jambes se dérobent. Il me faut quelques secondes pour prendre conscience que ce n'est pas une hallucination due à l'alcool : Lisa. Je me trouve nez à nez avec Lisa et son mec. J'ai l'impression de prendre un poids lourd de plein fouet dans l'estomac. Qu'est-ce qu'elle fait là ? J'avais une chance sur un million de la croiser ici. Je me sens devenir blême et alourdi. Je comprends soudain l'apparition de mon herpès : il n'est pas qu'une conséquence des événements, il en est aussi l'annonciateur, doté d'un pouvoir de divination, il surgit lorsqu'il y a un enjeu de séduction, alors même que je ne le sais pas moi-même. Plus fort que le tarot : l'herpèsologie. Ma mamé pouvait lire la météo dans ses rhumatismes, je peux lire mes rencontres dans mon herpès, on a les boules de cristal qu'on mérite. Je me pince la lèvre pour le dissimuler un peu.

Nous nous trouvons l'un en face de l'autre sans y avoir été préparés, elle est aussi surprise que moi de la situation mais affiche une expression légère. Elle est contente de me voir comme on est content de retrouver un vieux copain ou un objet sur lequel on tombe par hasard sans jamais avoir remarqué qu'on l'avait perdu. Je grimpe d'un cran dans la déprime en constatant qu'elle est plus belle que jamais, et les filles deviennent-elles plus belles parce qu'elles nous quittent ou avions-nous fini de voir qu'elles étaient belles et c'est la raison pour laquelle elles finissaient par nous quitter ? et peu importe la réponse, il est trop tard, nous échangeons du *Ça va* en rafale pour reprendre nos marques. Elle me demande si je connais Georgio, je dis *Non, je suis venu avec une amie qui le connaît*. Et je regrette aussitôt ma réponse puérile, cette réponse de petit jeu immature qui sous-entend : Oui j'ai une amie, une amie que tu ne connais pas, ah ça je peux te dire que j'ai pas perdu de temps moi non plus, j'ai une vie sexuelle et sentimentale foisonnante, tu croyais quoi ? Que j'allais me laisser abattre ? Que j'allais m'avachir comme un vieux sac en pleurant sur le cadavre encore chaud de notre histoire ? Que j'allais passer mes journées sur une terrasse face à un écran vide, devant un dossier intitulé *Roman sérieux* ? Ah ah ah.

Elle finit par me présenter Ronsard à côté d'elle, souriant, plein d'une ouverture d'esprit qui dégouline sur les dalles jaunes de la terrasse, Oui mon amoureuse discute avec son ex, et alors ? No problem. Il ne doit pas se sentir menacé, un instinct animal et un simple regard lui soufflent qu'il n'a rien à craindre de moi, peut-être même est-il un peu déçu qu'une fille comme Lisa ait pu avoir un amoureux pareil. Nos ex en disant long sur nous, peut-être Lisa est-elle rétrogradée à ses yeux. Il a poussé l'élégance jusqu'à s'écarter légèrement d'elle dès qu'il a compris qui j'étais et me tend une main avenante et je ne sais pas s'il y a pire humiliation que de devoir serrer la main de celui qui vous a volé votre amour, cette main qui semble vouloir tisser des liens de paix et de fraternité mais qui, quelques heures avant, caressait les seins de Lisa, cette main comme un apéritif de bienvenue rempli de curare. Les samouraïs préféraient se faire hara-kiri plutôt que de subir la commisération de leur adversaire, ils préféraient périr que d'être graciés, et je dois, moi, serrer cette main, la main du diable, ce que je finis par faire car ma bonne éducation prime, cette éducation que j'ai souvent maudite, en lui serrant la main j'ai l'impression d'être Vercingétorix déposant les armes aux pieds de César. J'essaie de me convaincre qu'il y a une certaine hauteur à ce geste, le refuser m'aurait fait paraître mesquin, mauvais joueur. Sa poigne est assez ferme pour me montrer qu'il est dominant, et assez délicate pour me confirmer qu'il m'épargne et que, si je reste tranquille, nous pourrions devenir amis.

Il dit *Enchanté, Lili m'a beaucoup parlé de toi*, et je mets un instant à comprendre qui est Lili. Alors donc on en est là. On en est à Lili. Lili et Ronron. Ce diminutif m'éjecte du plateau d'une simple pichenette, comme si leur couple existait depuis toujours, bien avant moi, et j'en viens à me demander si je n'ai pas rêvé notre histoire. Je ne peux m'empêcher de penser que Lisa n'aime pas ce petit nom, *Lili*, je suis même sûr qu'elle le déteste, et un jour, ce fameux jour où tout bascule tout irrite tout fait grincer les dents, ce jour-là elle lui dira : *Oh et puis arrête de m'appeler Lili, quelle horreur ce nom, chaque fois que tu le prononces j'ai envie de t'enfoncer ma fourchette dans l'œil !* Pourquoi un diminutif aussi long que le prénom lui-même ? C'est bien la peine d'écrire dans des revues spécialisées si on ne sait pas compter les syllabes. Quel intérêt, sinon celui de souligner : nous avons une relation privilégiée, nous partageons des choses qui n'appartiennent qu'à nous, elle est à moi désormais, je l'ai donc rebaptisée. Donc Lili lui a beaucoup parlé de moi, je suis curieux de savoir ce qu'elle lui a dit. Il est plus que probable qu'elle ne lui ait rien dit du tout, ce type transpire les convenances, il cherche à me donner un autre rôle dans cette situation que celui de simple figurant et le samouraï à ma place aurait déjà enchaîné deux trois hara-kiris face à tant de fausse bienveillance.

Tu fais quoi en ce moment ? me demande Lili, elle me pose la question de façon naturelle, et ma réponse fuse comme si elle n'attendait que de jaillir de son fourreau étriqué depuis des jours : j'écris un roman, un roman sur les réfugiés républicains espagnols. Je dis ça sans la regarder, avec une simplicité confondante, en tirant sur ma cigarette, comme si je venais d'énoncer une banalité – qui n'a jamais écrit un roman sur les réfugiés républicains espagnols ? Et là tout à coup je mesure l'impact de mon entreprise, elle a un temps d'arrêt, une sorte de *Oh…* mental, qu'elle oralise dans la foulée, son expression change légèrement, mi-surprise mi-intriguée, et je comprends subitement que j'avais raison, que depuis le début mon travail, et donc ma personne, manquaient un peu d'épaisseur à ses yeux. Elle me demande quelques précisions, je reste évasif, comme si le sujet me tenait trop à cœur et qu'il fallait que je le tienne à distance pour éviter qu'il ne me submerge. J'évoque mes racines, mes grands-parents, c'est un matériau que je porte en moi depuis longtemps et dont j'attendais qu'il arrive à maturité, je crois que la vie m'a rendu prêt (je m'entends prononcer cette dernière phrase avec un mélange curieux de satisfaction et de honte). Lisa semble admirative, elle reste un instant silencieuse, elle lâche *C'est super.* Et il me semble que c'est le bon moment pour partir, ne pas trop en faire, générer de la frustration, m'éclipser comme un prince – un prince dont la vessie est prête à éclater. Je leur dis *Bon ben à plus tard*, comme si notre rencontre était une banale rencontre de soirée, et je m'éloigne d'un pas chaloupé et tranquille espérant sa main sur mon épaule d'une seconde à l'autre, une légère pression chargée de tendresse, Alan, on peut parler deux secondes ? Mais mon espoir d'être retenu diminue à mesure que j'avance, alors même que je ralentis le pas volontairement pour lui laisser le temps de me rattraper, au point d'être presque à l'arrêt – c'est tout juste si je ne reviens pas en *moonwalk*. Qu'importe, j'ai semé une graine, tout ça va faire son chemin, croître en elle comme un regret amer, une partie d'elle sera désormais ailleurs, dans une zone trouble faite de passé réinterprété et de futur fantasmé et Ronsard lui dira Qu'est-ce qui t'arrive Lili, je te sens absente depuis tout à l'heure… — Écoute Ronron, je ne sais pas, je crois que j'ai besoin de réfléchir, j'espère que tu ne m'en veux pas.

Je passe aux toilettes et retrouve Jeanne, Florent et Chloé, la fille bavarde est partie. Je constate, surpris, que mon téléphone est sur la table. J'ai dû l'oublier en partant. Je le consulte machinalement et découvre un message. Un message adressé à ma mère.

Coucou maman, dis, je me demandais, il est mort de quoi papa ? Bisous !

Je suis effaré. Je regarde Chloé face à moi qui fait semblant de siffloter d'un air mutin. Elle a profité de ce que j'avais oublié mon portable sur la table et qu'il n'est verrouillé par aucun code secret pour écrire le message, ou peut-être même a-t-elle subtilisé le téléphone dans ma poche, qu'importe. Je relis plusieurs fois de suite ses mots, essayant de me mettre à la place de ma mère quand elle va lire ça, je suis complètement abasourdi. Je n'en crois pas mes yeux, Chloé vient en quelques secondes de faire voler en éclats un non-dit établi depuis la nuit des temps, le travail de toute une vie d'inadapté. *Mais… comment tu as pu faire un truc pareil ?? C'est horrible !* Elle me répond *Rhoo ça va, calme-toi, c'est juste pas possible de pas savoir de quoi ton père est mort, comment veux-tu te construire sur un tel gouffre béant ?* Mais qui lui a dit que je voulais me construire ? Pourquoi ce besoin de construire ? Et si je voulais, moi, rester en chantier jusqu'à la fin de mes jours, le sac de ciment et la brouette toujours dans le jardin, en quoi ça la dérange ? Qui lui a dit que je voulais le reboucher mon gouffre béant ? Que chacun s'occupe de son gouffre béant et les moutons seront bien gardés.

J'ai envie de lui balancer mon mojito au visage mais j'ai conscience que ça ne changerait pas grand-chose. Je l'engloutis d'un geste sec et allume une cigarette. Jeanne essaie de changer de conversation mais Chloé n'est pas personne à fuir et continue d'argumenter, je reste mutique et distant. Je fais ostensiblement la tête. Elle finit par abandonner le sujet et nous parlons de tout autre chose, je parviens peu à peu à me détendre, aidé par les mojitos.

C'est alors qu'au milieu d'une playlist que jusqu'à maintenant j'écoutais à peine s'élève la nappe de clavier introduisant *One More Try* et soudain mon œil s'illumine, mon oreille se dresse. Lisa et moi, à nos tout débuts, lors d'un de ces soirs où nous nous découvrions avec passion et avidité, nous étions avoué nos petits péchés mignons honteux. Nous nous étions découvert, hilares et émus, un petit faible commun pour George Michael, pour cette chanson en particulier. Nous l'avions mise dans la foulée et avions dansé un slow, un peu ivres dans son salon, jouant à deux ados dans une boum, dans un mélange quantique de premier et second degrés, oscillant maladroitement entre les deux. Et voilà qu'elle passe, maintenant, le soir où Lisa et moi nous retrouvons pour la première fois depuis notre séparation. Je n'en crois pas mes oreilles. Je jette un œil à l'ordinateur, personne ne l'a mise, elle fait partie d'une programmation aléatoire des chansons de la soirée.

C'est un signe. Lisa va l'entendre, le temps va se suspendre pour elle aussi, je vais la retrouver, nous allons échanger un regard qui concentrera tout ce que nous avons vécu et vivrons encore, un reflet humide fera briller son œil, et George Michael dira *Peut-être peut-on essayer juste une fois de plus*, elle lâchera la main de Ronsard et nous marcherons l'un vers l'autre au ralenti, les yeux dans les yeux, nous éclairant l'un l'autre de nos sourires grandissants, puis arrivés face à face, elle prendra mes mains dans les siennes, me chuchotera Alan, où étais-tu ? Je t'ai cherché partout, dans tous les recoins de ma vie, nuit et jour, nous nous enlacerons chastement, lentement, et entamerons un slow au milieu de l'agitation alentour, un slow insulaire et indifférent à tout en dehors de nos corps à jamais réunis, langage oublié connu de nous seuls, vestige de sensations enfouies depuis des siècles et renaissant au monde. Sans même voir son visage je devinerai ses yeux fermés et son sourire sur mon épaule, un sourire sûr de son fait, pur, capable de faire tomber les murs, percer les nuages et répandre à travers l'univers une onde de suave éternité et quand j'arrive à quelques mètres d'elle, elle est en train de rire à gorge déployée avec Ronsard et un autre type, elle n'a même pas relevé la chanson, elle ne s'est même pas aperçue que notre chanson est en train de passer.

À ce moment-là, tout devrait s'écrouler et se décomposer, mais il advient un sentiment inattendu, de l'ordre du deuil instantané, du livre qui se ferme, autant d'images éparses convergeant toutes en un même point et m'apparaissent ces deux mots : *Même ça*... Même ça, elle l'a balayé, même ça ne signifie plus rien pour elle. Plus rien ne nous attache. Nous n'étions plus agrippés que par le bout des doigts, moi tentant de tenir bon, le visage tordu par l'effort, mon corps au-dessus du vide, et puis les doigts se mettent à glisser, peu à peu, et la prise lâche et c'est fini, le corps tombe dans le vide, et ne reste plus qu'à prier pour des courants ascendants puisque plus rien ne nous lie.

Je retrouve Florent et nous nous mettons à boire, compulsivement. À partir de là tout va très vite. Un type à notre table dit que la canicule ne va pas arranger la pollution au dioxyde de carbone et je réponds *La pollution au dioxyde de carbonara*, et le type nous dit *Ça vous fait rire qu'on crève à petit feu* et Florent et moi visualisons des morceaux de lardons dans l'air qui peu à peu nous attaquent les poumons et nous voilà au milieu de la piste de danse à exécuter des mouvements de *break dance* en criant *H-I-P H-O-P, SYDNEEEY !* en boule sur le dos pour tourner mais personne pour nous faire tourner, comme des tortues à l'envers, immobiles, et nous lançons une chenille à deux que personne ne veut intégrer non plus et nous mélangeons différents cocktails en essayant de chanter le solo de guitare de *Beat it*, nous concluons que l'exercice est humainement impossible et envisageons de créer un immense concours annuel de chant du solo de *Beat it* avec des participants venus du monde entier et je mets une knacki dans ma narine et il doit deviner qui j'imite, *C'est Gabiiiin*, c'était facile, et Ronsard est au bord de la piscine, avec sa tête de Ronsard et sa chemise de Ronsard et ses mains de Ronsard qui serrent et palpent et caressent de la Lili en veux-tu en voilà, il a son expression de Ronsard qui a tout compris à tout, je me précipite sur lui pour le pousser dans la piscine mais trébuche et tombe avec lui, l'impact de l'eau puis le silence, assourdissant.

Le temps passé sous l'eau dure des heures et quand j'émerge enfin, Ronsard m'appuie violemment sur la tête pour me couler, je vais finir entre les mains du secouriste à mourir sur *Born to Be Alive*, c'était sa chanson préférée dira Christel à son pupitre, ça le définissait tellement, je le connaissais bien vous savez, c'était mon meilleur ami, et Marc en me voyant arriver dira Mais qu'est-ce que tu fais déjà là ? Tu t'es foutu en l'air aussi ? — Ah non moi c'est Ronsard qui m'a noyé. — Classique, et Sylvie Barral passe à côté de moi, nageant la brasse avec des bras de deux mètres de long, transformée en notonecte par un processus darwinien comme Patrick Duffy et ses mains palmées dans *L'homme de l'Atlantide* que je regardais pendant que ma mère m'apportait des tartines de Nutella sur le canapé et putain je vais mourir sans avoir appelé ma mère, ma petite maman, je suis noyé par Ronsard, on dirait une phrase de lycéen de première qui révise son bac, mais moi c'est au sens propre, je suffoque, j'aurais tellement préféré mourir autrement mais j'imagine qu'on préfère toujours mourir autrement et je revois cette très vieille poissonnière sur le Vieux-Port de Marseille qui passait son temps à crier *Les vivants au prix des morts!* et cette phrase me fascinait, elle semblait contenir la clé de tout sans que je la saisisse vraiment, elle essayait de nous faire passer un message, un message qu'elle aurait perçu de l'au-delà tant elle était vieille et les parois poreuses et tous pensaient qu'elle parlait des poissons dans son bac et j'aurais aimé comprendre mais c'est trop tard, je suis mort, je suis mort et je me dis : *Mince, ça fait tôt quand même*, et ça ferait une belle épitaphe.

Nous sommes là, tous les trois, debout au bord du bassin, mes voisins comme pétrifiés, leurs bagages posés à leurs pieds, fixant l'eau verte dans un silence hébété. Des camionnettes d'équipes de télé sont stationnées devant leur maison, de temps en temps on entend un journaliste les interpeller derrière le mur. Ils semblent perdus, visiblement ils cherchent à reconstituer ce qui a bien pu se passer entre leur départ en vacances et maintenant, et l'imagination la plus débridée ne suffirait pas à assembler les pièces du puzzle, et leurs yeux hagards semblent dire : depuis combien d'années sommes-nous partis au juste ? Je n'ose pas les regarder, nous sommes en ligne face à la piscine, eux-mêmes ne se risquent pas à me faire le moindre reproche, ni à me poser la moindre question. Nous baignons dans le non-dit à défaut d'eau claire, moi tout penaud et mal à l'aise comme un enfant pris en faute.

Comme si ma honte n'était pas suffisante, on dirait que les notonectes et les grenouilles se sont donné le mot pour s'agiter et s'exhiber plus que jamais, jamais l'eau n'a été aussi festive et mouvante, comme un chien qui retrouve ses maîtres après de longues vacances. On dirait qu'elles sentent que les propriétaires sont revenus et elles ont décidé de m'humilier, c'est tout juste si elles ne font pas un numéro avec des cerceaux, sautant au-dessus de la surface de l'eau, je leur en veux de me faire ça aujourd'hui. Il me semble même apercevoir un tentacule qui sort de l'eau mais ce doit être la migraine qui n'en finit pas de me cogner les tempes.

Il est 9 heures du matin et j'ai l'impression qu'il n'a jamais fait aussi chaud, ma tête va exploser, j'ai une gueule de bois insupportable. Je me souviens à peine de la fin de la soirée, je ne sais même pas comment je suis revenu ici. Les dernières images qui me restent : je suis dans la piscine avec Ronsard qui essaie de m'enfoncer la tête sous l'eau en hurlant *Espèce d'enculé !* et moi qui me débats comme un beau diable, conscient malgré mon état d'ébriété d'offrir le spectacle le plus ridicule qui soit à une centaine d'invités éberlués, nous, deux quadragénaires en train d'essayer de se couler dans une piscine – plus précisément : un en train d'essayer d'en couler un autre qui essaie de survivre. J'ai une vague image de types qui tentent de nous séparer, dans un premier temps sans entrer dans l'eau, à genoux sur le rebord, tendant les bras pour nous attraper, l'un d'eux essaie même de nous rapprocher du bord avec une épuisette, la sensation désagréable et honteuse de ma tête dans l'épuisette, le visage déformé comme celui d'un braqueur de banque dissimulé dans un bas de contention, et puis très vite certains qui se jettent à l'eau, et le spectacle d'une piscine qui se remplit et grouille comme celle à présent sous mes yeux et le silence de mes voisins se fait de plus en plus pesant, plus fort que mille décibels, et je préférerais qu'ils lâchent les chevaux, là, d'un coup, qu'ils m'ensevelissent de reproches (justifiés), que leur rage s'épuise sur moi et qu'on en finisse. Mais ils sont bien trop civilisés pour ça et j'ai l'impression qu'ils cherchent leurs mots et je les comprends, moi-même je ne sais comment rompre le silence. J'ai envie de leur dire *Vous savez, il faut relativiser, si vous étiez rentrés vingt-quatre heures plus tôt, il y avait un corps en plus.*

C'est la sonnerie de mon téléphone qui me sauve du silence. C'est ma mère. Tout à coup cet épisode de la soirée que j'avais complètement occulté me revient : le téléphone posé sur la table, Chloé, le texto. Ma migraine redouble et un frisson d'appréhension me parcourt le dos. Je m'excuse auprès de mes voisins et m'éloigne pour lui répondre. Après deux trois introductions d'usage, elle me parle du texto, *Mais je savais pas moi que tu ignorais de quoi ton père est mort*, et avant même que j'aie pu justifier quoi que ce soit, la soirée, Chloé, la *blague* pendant que j'étais aux toilettes, la voilà qui me raconte comment mon père est mort, de la manière la plus simple et naturelle du monde, comme elle raconterait une anecdote du quotidien, et je l'écoute sans intervenir, sans oser l'interrompre. Après quoi nous échangeons quelques nouvelles comme si de rien n'était, elle me parle de ses tomates, de la sécheresse qui va pas arranger les agriculteurs, de sa voisine qui a Alzheimer, et elle conclut avant de raccrocher par son désormais habituel *Et n'oublie jamais que je t'aime*. Je reste un instant silencieux et lui réponds *Moi aussi*.

Je raccroche et reviens me poster à côté de mes voisins, et nous nous remettons à observer la piscine, sans bruit, concentrés, comme devant un tableau de maître. Soudain, là, sous mes yeux elle se transforme en un océan infini, ouvert sur mille promesses, ce parfum de possible, une intuition fugace mais solide que le meilleur est à venir, que je n'ai qu'à me laisser porter, que quoi qu'il advienne les courants m'entraîneront vers du beau et du simple et du doux, vers des sentiments oubliés que je vais redécouvrir pas à pas. On est toujours derrière mais on gagne du terrain sur les sherpas.

J'affiche un grand sourire et les voisins me

regardent sourire, et eux ne sourient pas du tout, ils sont abasourdis. Je me recompose aussitôt un masque grave et contrarié pour être dans le ton.

Bon alors on fait quoi avec cette piscine ?

DU MÊME AUTEUR

Romans

BROADWAY, Gallimard, 2020 (Folio nº 7079).

LE DISCOURS, Gallimard, 2018 (Folio nº 6750).

FIGUREC, Gallimard, 2006 (Folio nº 6607).

Bandes dessinées et autres (sélection)

GUACAMOLE VAUDOU, avec Éric Judor, Éditions du Seuil, 2022.

MOON RIVER, 6 pieds sous terre, 2021.

HEY JUNE, avec Evemarie, Delcourt, 2020.

FORMICA. UNE TRAGÉDIE EN TROIS ACTES, 6 pieds sous terre, 2019.

OPEN BAR, Delcourt (2 volumes, 2019, 2020).

EN ATTENDANT, avec Gilles Rochier, 6 pieds sous terre, 2018.

MOINS QU'HIER (PLUS QUE DEMAIN), Glénat, 2018.

ET SI L'AMOUR C'ÉTAIT AIMER ?, 6 pieds sous terre, 2017; nouvelle éd. 2020.

PAUSE, La Cafetière, 2017.

STEAK IT EASY, La Cafetière, 2016.

ZAÏ ZAÏ ZAÏ ZAÏ, 6 pieds sous terre, 2015.

PARAPLÉJACK, La Cafetière, 2014.

CARNET DU PÉROU. SUR LA ROUTE DE CUZCO, 6 pieds sous terre, 2013.

L'ALBUM DE L'ANNÉE, La Cafetière, 2011.

L'INFINIMENT MOYEN, Même pas mal, 2011.

-20% SUR L'ESPRIT DE LA FORÊT, 6 pieds sous terre, 2011 ; nouvelle éd. 2022.

LA CLÔTURE, 6 pieds sous terre, 2009.

LIKE A STEAK MACHINE, La Cafetière, 2009.

LA BREDOUTE, 6 pieds sous terre, 2007.

DROIT DANS LE MÛR, La Cafetière, 2007.

TALIJANSKA, La Cafetière, 2006.

LE STEAK HACHÉ DE DAMOCLÈS, La Cafetière, 2005.

DANS LA MÊME COLLECTION

LE DISCOURS, Fabrice Caro, 2018.

LE JOUR OÙ LA DURANCE, Marion Muller-Colard, 2018.

APRÈS CONSTANTINOPLE, Sophie Van der Linden, 2019.

LA DISSONANTE, Clément Rossi, 2019.

WANTED LOUISE, Marion Muller-Colard, 2020.

BROADWAY, Fabrice Caro, 2020.

FIN DE SAISON, Thomas Vinau, 2020.

MIKE, Emmanuel Guibert, 2021.

VIEUX CRIMINELS, Nicolas de Crécy, 2021.

LA VIE D'ANDRÉS MORA, Claudine Desmarteau, 2021.

MARCELLO & CO, Thomas Vinau, 2022.

Éditorial : Géraldine Blanc
Direction artistique : Anne Lagarrigue
Graphisme : Pascal Guédin

Ouvrage composé en Mencken (Typofonderie)
et Replica (Lineto)
par IGS-CP à L'Isle-d'Espagnac (16).
Achevé d'imprimer sur Roto-Page
par l'Imprimerie Floch à Mayenne,
en mai 2022.
Dépôt légal : mai 2022
Numéro d'imprimeur : 100275

ISBN : 978-2-07-298811-0 / Imprimé en France

447938